탈무드

지혜의 샘 시리즈 ❸

탈무드

개정판 1쇄 발행 | 2021년 12월 31일
개정판 2쇄 발행 | 2022년 08월 10일

지은이 | 마빈 토케이어
옮긴이 | 원혜정 · 그린이 | 유지환

발행인 | 김선희 · 대 표 | 김종대
펴낸곳 | 도서출판 매월당
책임편집 | 박옥훈 · 디자인 | 윤정선 · 마케터 | 양진철 · 김용준

등록번호 | 388-2006-000018호
등록일 | 2005년 4월 7일
주소 | 경기도 부천시 소사구 중동로 71번길 39, 109동 1601호
         (송내동, 뉴서울아파트)
전화 | 032-666-1130 · 팩스 | 032-215-1130

ISBN 979-11-7029-209-8 (00890)

탈무드

마빈 토케이어 지음
원혜정 옮김

매월당
MAEWOLDANG

탈무드란?

어떤 사람이 본격적으로 유대인을 연구하기 위해 우선 《구약 성서》를 바탕으로 여러 가지 책을 공부했다. 그러나 그는 유대인이 아니었기 때문에 결국은 유대인들을 잘 이해할 수가 없었다. 그러는 동안에 그는 곧 유대인의 규범이 되어 있는 탈무드를 공부하지 않고서는 유대인을 이해할 수 없음을 깨닫게 되었다. 그리하여, 어느 날 랍비를 찾아가서 조언을 구했다.

랍비란 나중에 자세히 설명하겠지만, 유대교의 승려이다. 또한 랍비는 때로는 교사이고, 때로는 재판관이며, 때로는 부모이기도 한 존재이다.

탈무드를 공부하기 위해 그가 찾아갔을 때 랍비가 말했다.

"당신은 탈무드를 공부하고 싶다고 말하고 있지만, 아직 그럴 자격이 없습니다."

그러나 그 사람은 물러서지 않고 졸랐다.

"나는 탈무드 공부를 시작하고 싶습니다. 나에게 그럴 만한 자격이 있는지 없는지는 시험을 해보면 될 것입니다. 어떤 시험이든 해보십시오."

랍비는 그가 그렇게까지 말한다면 간단한 시험 문제를 하나 내보겠다고 말하고 나서 다음과 같은 문제를 냈다.

"두 명의 남자 아이가 여름 방학에 집 굴뚝을 청소했는데, 한 아이는 얼굴이 아주 검게 되어 굴뚝에서 내려왔고 또 한 아이는 얼굴에 전혀 그을음을 묻히지 않고 깨끗한 얼굴로 내려왔습니다. 당신은 어느 아이가 얼굴을 씻을 것이라고 생각하십니까?"

"물론 얼굴이 더러운 아이가 얼굴을 씻겠죠."

그 남자가 대답하자 랍비는 차갑게 말했다.

"그렇기 때문에 당신은 아직 탈무드를 읽을 자격이 없습니다."

"그러면 답은 무엇입니까?"

그러자 랍비가 말했다.

"당신이 탈무드를 공부한다면 이렇게 대답할 것입니다."

그러면서 다음과 같이 설명했다.

"두 명의 남자 아이가 굴뚝을 청소하고서 한 명은 깨끗한 얼굴로, 한 명은 더러운 얼굴로 내려왔습니다. 얼굴이 더러운 아이는 얼굴이 깨끗한 아이를 보고서 자기의 얼굴은 깨끗하다고 생각할 것이고, 얼굴이 깨끗한 아이는 상대방 아이의 얼굴이 더러운 것을 보고서 자기의 얼굴은 더럽다고 생각할 것입니다."

그러자 그 남자는 갑자기 뭔가를 깨달았다는 듯 말했다.

"아, 그렇군요. 한 번만 더 시험 문제를 내 주십시오."

랍비는 또다시 똑같은 질문을 했다.

"두 명의 아이가 굴뚝을 청소하고서 한 아이는 깨끗한 얼굴로, 또 한 아이는 더러운 얼굴로 내려왔습니다. 어느 아이가 얼굴을 씻을 것이라고 생각하십니까?"

그 남자는 이미 답을 알고 있으므로 자신 있게 대답했다.

"물론 얼굴이 깨끗한 아이가 얼굴을 씻겠죠."

"당신은 그렇기 때문에 탈무드를 공부할 자격이 없소."

남자는 크게 낙담하며 다시 물었다.

"그러면 탈무드에는 대체 무엇이라고 되어 있습니까?"

랍비가 천천히 대답했다.

"두 명의 남자 아이가 굴뚝을 청소했다면 같은 굴뚝을

청소한 것이므로, 한 아이의 얼굴은 깨끗하고 한 아이의 얼굴은 더럽게 되어 내려올 수는 없는 일입니다."

탈무드는 단순히 책이라고 하기보다는 하나의 학문이다. 이 1만 2천 쪽의 탈무드는 기원전 500년부터 기원후 500년까지의 구전을 10년에 걸쳐 2천 명의 학자들이 편찬한 것이다. 동시에 이것은 현대의 우리들도 지배하고 있으므로, 말하자면 유대 5천 년의 지혜이며 온갖 정보의 저수지라고도 말할 수 있다.

탈무드는 법전은 아니지만 법에 대해 말하고 있다. 역사책은 아니지만 역사에 대해 말하고 있다. 인명사전은 아니지만 많은 인물에 대해 말하고 있다. 백과사전은 아니지만 백과사전과 똑같은 역할을 하고 있다.

인생의 의의는 무엇이며 인간의 위엄이란 무엇인가? 행복이란 무엇이며 사랑이란 무엇인가? 5천 년에 걸친 유대인의 지적 재산, 정신적 자양滋養이 여기에 들어 있다. 참된 의미에서의 탁월한 문헌이며, 크고 빛나는 문화의 모자이크이다. 서양 문명의 근본적인 문화 양식과 사고 방식을 이해하기 위해서는 탈무드를 읽지 않으면 안 될 것이다.

탈무드의 원류는 《구약 성서》이며, 《구약 성서》를 보완하고, 더 나아가 《구약 성서》를 확장한 것이라고 하는 편이 옳다. 그렇지만 그리스도교도들은 그리스도의 출현 이후의 유대 문화는 모두 무시했고, 탈무드의 존재 또한 인정하지 않았다.

탈무드가 책으로 씌어지기 전에는 구전으로 랍비에게서 제자에게 전해져 왔다. 그 때문에 많은 부분이 질문과 대답의 형식을 취하고 있다. 그 내용의 범위는 대단히 넓고, 온갖 주제가 히브리어와 아랍어로 말해져 왔다. 그리고 비로소 문자화될 때에는 문장 부호도 전혀 없고 서문도 후기도 없는, 오로지 내용만이 있는 것이었다.

시간이 흐름에 따라 탈무드는 대단히 방대해지고, 여기저기 흩어졌기 때문에 유대인들은 탈무드의 여러 가지 귀중한 부분이 없어지는 것을 막기 위해 전승자傳乘者들을 한 곳으로 모았다. 그런데 전승자 가운데 머리가 좋은 사람은 일부러 제외시켰다. 그것은 그들이 자신의 의견을 덧붙임으로써 전승을 왜곡시킬 것을 두려워했기 때문이다. 이리하여 구전되어 온 내용은 몇 백 년 동안 여러 도시에서 편찬이 진행되어, 오늘날에는 바빌로니아의 탈무드와 팔레스타인의 탈무드가 존재하고 있는데, 바빌로니아의 탈무드가 더 중요시되고 가장 권위가 있다고 인정받고 있다. 그래서 탈무드라고 하면 일반적으로 바빌로니아의 탈무드를 말한다. 또한 탈무드의 최신판은 마지막 한쪽을 반드시 백지로 남겨두는데, 이것은 언제나 덧붙여 쓸 여지를 남겨 놓고 있다는 것을 상징하고 있다.

탈무드는 읽는 것이 아니다. 이것은 연구하는 것이다. 사고 능력 혹은 정신을 단련시키는 데 있어 이것만큼 좋은 책은 없는 것 같다. 따라서 탈무드는 '유대인의 혼'이라고 말할 수 있다. 오랜 이산離散의 역사를 보내온 유대민족의 유대인을 결속시켜 주는 것은 탈무드뿐이었다.

오늘날에는 모든 유대인이 다 탈무드에서 정신적 자양분을 취하고 거기에서 생활의 규범을 구하고 있는 것은 사실이다. 그것은 유대인의 일부가 되어 있으며, 유대인이 탈무드를 지켜 왔다고 하기보다는 탈무드가 유대인을 지켜 왔다고 말할 수 있을 것이다.

탈무드는 본래 '위대한 연구, 위대한 학문, 위대한 고전 연구'라는 의미를 가지고 있다. 어느 부분을 펼쳐 보아도 반드시 2쪽부터 시작하고 있다. 그것은 탈무드를 읽지 않앉아도 당신은 이미 탈무드의 연구자라는 것을 의미하고 있다. 1쪽에는 당신의 경험이 기록되지 않으면 안 되는 것이다. 현명한 독자는 이미 눈치를 챘을지도 모르겠는데, 이 책도 역시 2쪽부터(원서의 경우를 말함) 번호를 매기고 있다. 출판 상식을 어겨 가면서 굳이 이 방식을 취한 것은 역시 원래의 탈무드와 마찬가지로 1쪽은 당신의 경험으로 메워져 있다고 생각하기 때문이다.

유대인은 탈무드를 일컬어 '바다'라고도 부른다. 거대하고 온갖 것이 거기에 있지만 그 밑바닥에 무엇이 있는지는 정확히 알 수가 없기 때문이다. 그러나 탈무드가 대단히 방대하다는 사실 때문에 의기소침해져서는 안 된다. 탈무드에 다음과 같은 이야기가 있다.

두 남자가 긴 여행을 한 뒤 몹시 허기져 있었다. 어떤 집에 들어가자 맛있는 과일이 바구니에 담겨 천장에 매달려 있었다. 한 남자가 말했다.

"과일을 먹고 싶은데 너무 높이 매달려 있어서 먹기는 틀렸군."

그러자 다른 한 사람이 말했다.

"대단히 맛있어 보이는군. 반드시 저걸 먹어야겠다. 높은 곳에 매달려 있기는 하지만, 거기에 매달려 있다는 것은 전에 누군가가 거기에 매달아 놓았기 때문이다. 우리라고 저기에 오르지 못하라는 법은 없다."

그리고는 사다리를 놓고 올라가 과일을 가져왔다.

탈무드가 아무리 위대한 것이라 해도 우리와 똑같은 사람이 만든 것이므로 같은 사람인 우리가 그것을 자신의 것으로 만들지 못할 리가 없다. 다만 한 발 한 발 사다리를 밟아 올라가지 않으면 안 된다는 것뿐이다.

그러나 독자 여러분을 격려하기 위해서 나는 이렇게 말하고 싶다. 여러분이 알고 있는 세계의 위인들 수백 명을 한 곳에 모아 놓고, 토론을 벌이게 했다고 가정해 보자. 그리고 그 위대한 인물들이 수백 시간에 걸쳐서 토론한 내용을 녹음했다고 하자. 그것은 대단히 귀중한 것이다. 탈무드는 그것에 필적할 만큼의 충분한 매력을 갖고 있다. 어느 부분이든 펼치는 것만으로도 위대한 인물들이 1천 년 동안 이야기해 온 소리를 들을 수 있을 것이다. 그래서 나는 이 책을 통해 그 안내자 역할을 할 것이다.

contents

3장 탈무드의 눈

4장 탈무드의 머리

1장

탈무드의 마음

탈무드란 '위대한 연구'라는 뜻으로,

5천 년에 걸쳐서 유대 민족의 정신적 지주가 되어온 생활 규범이다.

이 장에서는 이 방대한 성전에 관하여 될 수 있는 한 충실한 해석을 해보았다.

탈무드의 문을 여는 것은 당신 자신의 마음이다.

그리고 탈무드의 마음을 파악하는 것은

당신 자신의 명석한 두뇌와 부단한 노력이다.

세 랍비의 이야기

　　　내가 탈무드의 신학교에 갔을 때 면접시험에서 다음과 같은 질문을 받았다.

"당신은 무엇 때문에 이 학교에 들어오고 싶어합니까?"

"이 학교가 좋기 때문에 들어가고 싶습니다."

라고 내가 대답하자 시험관이 다시 말했다.

"만약 당신이 공부를 하고 싶어한다면 도서관으로 가는 것이 좋을 것입니다. 학교는 공부하는 곳이 아닙니다."

그 말에 나는 반대로 시험관에게 물었다.

"그렇다면 무엇 때문에 학교에 들어가야 합니까?"

그러자 시험관이 말했다.

"학교에 입학하는 목적은 위대한 사람 앞에 앉는 것입니다. 그들의 살아 있는 본보기에서 배우는 것입니다. 학생은 위대한 랍비와 교사를 지켜보는 것에 의해 배워가는 것입니다."

여기서 나는 세 명의 위대한 랍비를 소개하고자 한다.

힐렐

　　　그는 2천여 년 전에 바빌로니아에서 태어났다. 20세가 되었을 무렵 그는 이스라엘로 와서 두 명의 위대한 랍비 아래에서 공부했다. 그 당시는 로마의 지배하에 있었기 때문에 이스라엘의 생활은 대단히 어려웠다. 그는 생활을 유지하기 위해 생활비를 벌러 나갔으나 하루에 동전 한 닢밖에는 벌 수가 없었다. 그 동전의 반은 그의 최저 생활을 위한 생계비로 쓰였고, 나머지 반은 수업료로 쓰였다.

　　어느 날 그는 갑자기 일자리를 잃는 바람에 돈을 벌지 못하게 되었다. 그러나 그는 어떻게 해서라도 학교의 강의를 듣고 싶었다. 그래서 학교의 지붕 위로 올라가 굴뚝에 귀를 대고 한밤중에 교실에서 행해지는 강의를 들었다. 그러다가 그는 어느 사이엔가 지붕 위에서 잠들어 버렸다. 한겨울의 추운 밤이었으며, 마침 내리기 시작한 눈이 그의 몸을 덮었다.

다음 날 아침, 또다시 수업이 시작되었다. 그런데 교실이 다른 때보다 어두워서 모두 천장을 바라보자, 천장에 있는 들창이 한 사람에 의해 가려져 있었다. 그들은 힐렐을 끌어내렸다. 그의 몸은 따뜻이 녹여지고, 간호를 받아 회복되었다. 그 일로 인해 그는 수업료를 면제받았다. 그 이후로 유대 학교의 수업료는 무료로 되었던 것이다.

힐렐의 일화는 가장 많이 이야기되어 왔으며, 그리스도의 말도 실은 힐렐의 말을 단순히 인용하는 것에 지나지 않는다. 그는 천재이며 매우 온순하고 예의바른 사람이었다. 그리고 그는 나중에 랍비의 대승정大僧正이 되었다.

한 번은 비非유대인이 찾아와서 힐렐에게 말했다.

"내가 한쪽 다리로 서 있는 동안에 유대의 학문을 모두 가르쳐 보시오."

그때 힐렐은 그를 향해 조용히 말했다.

"자기가 당하고 싶지 않은 일은 남에게도 강요하지 마시오."

또 한 번은, 힐렐을 화나게 할 수 있는지 없는지를 가지고 사람들이 내기를 걸었다. 안식일을 위해 금요일 밤에 힐렐이 목욕탕에 들어가 목욕을 하고 있을 때 한 남자가

문을 노크했다. 힐렐은 젖은 몸을 대충 닦고 옷을 걸친 후 문을 열고 나왔다.

"인간의 머리는 왜 둥글까요?"

한 남자가 의미 없는 질문을 퍼부었다.

힐렐이 대답하고 간신히 목욕탕으로 돌아가자, 그 남자 가 또 문을 노크하고는 어리석은 질문을 되풀이했다.

"흑인은 왜 검을까요?"

왜 검은지를 애써 설명한 뒤 다시 목욕탕으로 돌아가자 또다시 문 두드리는 소리가 났다. 이것이 다섯 번이나 되 풀이되었다.

마지막에 그 남자는 힐렐을 향해 말했다.

"당신 같은 인간은 없었으면 좋겠소. 나는 당신 때문에 내기에서 큰 손해를 보게 되었소."

그러자 힐렐이 대답했다.

"내가 인내력을 잃은 것보다는 당신이 돈을 잃는 쪽이 낫소."

또 한 번은 힐렐이 거리를 급히 걸어가고 있었다. 그를 발견한 학생들이 물었다.

"선생님, 무슨 일로 이렇게 급히 가십니까?"

"좋은 일을 하기 위하여 급히 가고 있는 중일세."

그 대답에 학생들이 모두 그 뒤를 따라갔는데, 힐렐은 대중 목욕탕에 들어가 봄을 씻기 시작했다. 학생들은 놀라서 물었다.

"선생님, 이것이 선행입니까?"

그러자 힐렐이 말했다.

"인간이 자신을 청결하게 하는 것은 커다란 선행이다. 로마인을 보라. 로마인은 많은 동상을 닦고 있는데, 동상을 씻는 것보다 자신을 씻는 편이 훨씬 좋은 것이다."

이 밖에도 힐렐은 여러 가지 위대한 말을 남겼다. 씹으면 씹을수록 맛이 있는 것뿐이다.

● 당신이 지식을 늘리지 않는다는 것은 실은 지식을 줄이고 있는 것이 된다.

● 자신의 지위를 사람들에게 알리고자 하는 사람은 이미 자신의 인격을 스스로 손상시키고 있는 것이다.

- 상대방의 입장에 서지 않고서 남을 판단하지 말라.

- 배우고자 하는 학생은 부끄럼을 타서는 안 된다.

- 인내력이 없는 사람은 교사가 될 수 없다.

- 만약 당신 주위에 뛰어난 사람이 없다면, 당신 자신이 그렇게 되지 않으면 안 된다.

- 스스로 자신을 위하여 노력하지 않는다면 누가 당신을 위하여 노력해 주겠는가?

- 지금 그것을 하지 않는다면 언제 할 수 있는 날이 있겠는가?

- 인생의 최상의 목적은 평화를 사랑하고, 평화를 구하고, 평화를 가져오는 것이다.

- 자기의 일만을 생각하는 인간은 자기 자신일 자격조차 없다.

요하난 벤 자카이

　요하난 벤 자카이는 유대 민족이 사상 최대의 정신적 위기에 직면했을 때 커다란 활동을 한 랍비이다. AD 70년에 로마인이 유대의 사원을 파괴하고 유대인을 절멸絶滅시키려 했을 때, 요하난은 비둘기파(온건파)였다. 그래서 매파(강경파)는 늘 이 랍비의 행동을 감시했다. 요하난은 유대 민족이 영구히 살아가기 위해서는 어떻게 해야 하는가를 필사적으로 생각하고 있었다. 마침내 그는 로마의 장군과 어떤 일에 관한 담판을 짓지 않으면 안 된다고 생각하게 되었다.

　그런데 그 무렵 유대인은 모두 예루살렘 성 안에 갇혀 있었기 때문에 나올 수도 들어갈 수도 없었다. 그러나 요하난은 중병에 걸린 환자로 가장해서 탈출에 성공했다. 그는 대승정이었으므로 많은 사람이 병문안을 왔다. 이윽고 그가 곧 죽을 것이라는 얘기가 입에서 입으로 퍼지고 곧이어 그가 죽었다는 소문이 널리 퍼졌다.

제자들은 그를 관 속에 넣고, 성 안에는 묘지가 없었으
므로 그를 성 밖에 매장할 수 있도록 해달라고 요청했다.
그러나 강경파의 수비병은 요하난이 정말 죽었다고는 믿
지 않고 칼로 시체를 한 번 찔러보고 싶다고 말했다.

유대인은 절대 시체를 눈으로 보지 않기 때문에 시체를
확인하기 위해서는 칼로 찔러봐야 했던 것이다.

"그것은 돌아가신 분을 모독하는 것이오."

제자들은 필사적으로 항변했다. 그리고 그 당시 유대인
의 장례 풍습은 대개 관을 길가에 방치해 두는 게 일반적
이었는데, '스승은 대승정이었기 때문에 확실히 매장하지
않으면 안 된다.'고 우기고 결국 로마군의 전선을 향해 나
아갔다.

그런데 전선을 막 통과하려 했을 때 로마병도 역시 '관
을 칼로 찔러보고 싶다.'고 말하면서 당장 칼로 찌르려고
했다. 제자들은 일제히 소리쳤다.

"로마 황제가 죽어도 당신들은 칼로 찔러보겠는가? 우
리들은 전혀 무장도 하지 않고 있는데……"
라고 주장하여, 마침내 전선을 통과하는 데 성공했다.

랍비 요하난은 관을 열고 나와서 사령관에게 면담을 요

청했다. 그는 로마 사령관을 똑바로 쳐다보며 말했다.

"나는 당신에게 로마 황제와 똑같은 경의를 표합니다."

황제와 같다는 말을 들은 사령관은 황제를 모독했다고 하면서 화를 냈다. 그러자 요하난은 단호하게 말했다.

"아닙니다. 내가 말하는 것을 믿어 주십시오. 당신은 반드시 다음 차례에 로마 황제가 되실 것입니다."

그러자 사령관이 물었다.

"당신 말을 이해했소. 그런데 원하는 것이 무엇이오?"

"한 가지 바라는 것이 있습니다."

요하난은 입을 열었다. 여기서 잠깐, 만약 여러분이라면 어떻게 대답했을 것이지 한 번 생각해 보길 바란다. 요하난의 대답은 다음과 같았다.

"집에서라도 좋습니다. 열 명 정도의 랍비가 들어갈 수 있는 학교를 하나 만들어 주시고, 그리고 그것만큼은 파괴하지 말아 주십시오."

요하난은 조만간 예루살렘이 로마에 의해 점령되고 파괴될 것을 알고 있었다. 처참한 대학살이 일어날 것도 예상하고 있었다. 그러나 학교만 있다면 유대의 전통은 이어질 수 있다고 생각했던 것이다.

사령관은 대단한 부탁이 아니라고 생각하고는 쉽게 승낙했다.

"좋소, 생각해 보지요."

그 후 곧 로마 황제가 죽고 요하난이 지목했던 사령관이 황제가 되었다. 황제는 로마병에게 작은 학교 하나만을 남겨두라고 명령했다. 그래서 그때 작은 학교에 남았던 학자들이 유대의 지식, 유대의 전통을 지켰다. 전쟁이 끝난 후의 유대인의 생활 양식도 그 학교가 지켜 나갔다.

그는 다음과 같은 명언을 남겼다.

"좋은 마음을 갖는 것이 최대의 재산이다."

유대교의 제단에는 돌 이외에 다른 것은 사용하지 않는다. 금속은 결코 사용해서는 안 된다. 왜냐하면 금속은 무기를 만들 수 있는 것이기 때문이다. 제단은 신과 인간 사이에 평화를 가져다 주는 것이며, 동시에 신과 인간 사이의 결합의 상징이다. 즉 생물이라고 말할 수 없는 돌조차도 신과 인간 사이를 결합시킬 수 있는 것이다.

당신은 인간이기 때문에 남편과 아내 사이, 나라와 나라 사이에 평화를 가져다 줄 수 있을 것이다.

아키바

아키바는 탈무드에서 가장 존경받는 랍비이며 유대인의 민족적 영웅이기도 하다. 젊은 시절의 그는 양치기로서 큰돈을 받고 고용되어 일하던 중에 주인집 딸과 사랑하게 되었고, 반대를 무릅쓰고 결혼을 했다. 그래서 두 사람은 집에서 내쫓기게 되었다. 가난으로 학교를 다니지 못했기 때문에 책을 읽을 수 없었던 아키바에게 하루는 아내가 조심스럽게 얘기를 꺼냈다.

"부탁이 하나 있어요. 뭐든지 공부를 해보세요."

그래서 그는 어린 아들과 함께 학교에 다니게 되었다. 그가 13년간 열심히 배우고 돌아왔을 때, 그는 당대 최고의 학자로서 명성을 얻고 유명해졌다. 후일 그는 탈무드의 최초 편집자가 되었는데, 그는 의학과 천문학을 공부하고 많은 외국어를 능숙하게 구사할 수 있었기 때문에 여러 번 유대인의 사절로서 로마에 파견되었다. 서기 132년, 유대인이 로마의 지배에서 벗어나기 위해 반란을 일으켰을 때, 그는 그들의 정신적 지도자였다.

이 반란이 진압되자 로마인은, 학문을 하고 있는 자는 누구든 사형에 처할 것이라고 선포했다. 왜냐하면 그들은 유대인이 학문을 통해서 유대인다운 정신력을 기른다는 것을 깨달았던 것이다. 이때 랍비 아키바는 다음과 같은 이야기를 했다.

어느 날 여우가 시냇가를 걸어가다가 물고기가 빙빙 돌면서 헤엄을 치고 있는 모습을 보게 되었다.

"왜 그렇게 급히 돌면서 헤엄을 치나?"

여우가 물었다.

"우리를 잡으러 올 어망이 무섭기 때문이죠."

물고기의 대답을 들은 여우가 말했다.

"그렇다면 여기로 나와 있게나. 언덕으로 올라오면 내가 지켜 줄 테니까 걱정할 것 없네."

이 말에 물고기는 이렇게 대꾸했다.

"여우님, 당신은 대단히 머리가 좋다고 소문나 있지만, 사실은 아주 어리석군요. 우리들은 이제까지 살아온 물속에서조차 이렇게 무서워하고 있는데, 언덕에 올라가면 어떻게 죽을지 모르지 않습니까?"

이 이야기는 '유대인에게 있어 학문은 물과 같은 것인데, 거기에서 떠나 언덕으로 올라간다면 죽어버리고 말 것이다. 유대인은 언제까지나 배우지 않으면 안 된다.'라는 것을 심어 주기 위해 아키바가 한 말이었다.

로마인에게 붙잡힌 아키바는 투옥되어 처형될 것이 확정되었는데, 그때 로마인은 그를 더욱 고통스럽게 죽이기 위해 불에 달군 인두로 온몸을 지져 태워 죽이기로 했다.

처형이 집행되는 날, 유대인의 지도자라는 것 때문에 로마의 사령관이 형장에 입회했다. 이제 막 아침 해가 떠오르고, 아침 기도를 시작할 시간이었다. 아키바는 새빨갛게 달구어진 인두가 몸에 닿자 아침 기도를 시작했다.

이 광경을 본 로마의 사령관은 놀란 눈으로 물었다.

"그대는 이렇게 지독한 처지에서도 기도를 올리는가?"

"나는 하느님을 사랑하고 있기 때문에 아침 기도를 하지 않은 적이 없었소. 그런데 이제 죽으려는 마당에도 기도하는 나 자신에게서 진실로 하느님을 사랑하는 나를 발견하니 정말 기쁘오."

이렇게 조용히 대답하는 랍비 아키바의 생명의 불은 서서히 꺼져 갔다.

2장

탈무드의 귀

귀에는 듣는 사람의 의지에 관계없이 정보가 날아 들어온다.

중요한 것은 그 선택이다.

이 장에서는 탈무드의 이야기 가운데

누구에게나 흥미 있을 듯한 일화만을 선택해 보았다.

일화는 사고의 재료이다.

맛있게 만드는 것도, 딱딱하게 굽는 것도 요리사인 여러분의 손에 달려 있다.

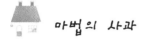 마법의 사과

어떤 나라에 한 임금이 슬하에 딸 하나를 두고 있었다. 딸은 중병에 걸려 곧 죽을 것 같았다. 진기한 약을 구해 마시지 않는 한 가망이 없다고 말했다.

그래서 왕은 자기 딸의 병을 고쳐 주는 자에게는 딸을 주고, 또 자신의 왕위를 물려 주겠다고 선포했다.

먼 지방에 세 명의 형제가 있었다. 맏형은 아무리 먼 곳이라도 볼 수 있는 망원경을 가지고 있었고, 둘째는 어디든 금방 날아갈 수 있는 융단이 있고, 막내는 무슨 병이든 고칠 수 있는 마법의 사과를 가지고 있었다.

어느 날 맏형이 망원경으로 공주가 병에 걸렸다는 방을 보고, 동생들과 의논을 한 후 둘째의 마법의 융단을 타고 왕궁으로 날아갔다. 그리고 막내동생이 공주에게 사과를 먹이자 공주는 거짓말처럼 병이 나아 모두들 대단히 기뻐했고, 왕은 잔치를 베풀고, 이들 삼 형제 중 사위로 삼을 사람을 고르기로 했다. 그런데 난처한 일이 일어났다.

먼저 맏형이 나섰다.

"내 망원경이 아니었더라면 임금님이 붙인 방도 보지 못했을 거야."

그러자 둘째가 나섰다.

"내 융단이 아니었으면 이렇게 빨리 올 수도 없었지."

막내도 빠지지 않았다.

"내 사과가 아니었으면 공주님은 무슨 약을 먹고 나을 수 있었을까?"

만약 여러분이 임금이라면 누구를 사위로 삼겠는가?

답은 막내동생이다.

큰형이나 둘째형은 망원경과 융단을 그대로 가지고 있지만 막내동생은 자신이 가지고 있던 사과를 공주에게 먹였으므로 그에게 남은 건 없다. 그는 공주를 위해 자기가 지니고 있던 귀중한 보물을 바친 것이다.

탈무드에 의하면 '무엇인가를 해 줄 때는 모든 것을 아낌없이 바치는 것이 중요하다.' 는 것을 가르치고 있다.

그릇

얼굴은 몹시 추하게 생겼지만 굉장히 총명한 랍비가 어느 날 로마의 공주를 만났다.

"대단히 총명한 머리가 이렇게 볼품없는 그릇에 담겨져 있다니……"

공주가 놀리자 랍비가 물었다.

"공주님, 이 왕궁에 술이 있습니까?"

공주가 그렇다고 하자 랍비가 다시 물었다.

"그럼 그 술은 어디에다 넣어 두죠?"

"보통 항아리나 물통에 넣어 두고 있지요."

공주의 말을 들은 랍비는 깜짝 놀라는 척하며 말했다.

"아니 로마의 공주님이라면 금이나 은으로 된 그릇도 많을 것인데 왜 그런 보잘것없는 그릇을 사용하고 계십니까?"

그래서 공주는 금그릇이나 은그릇에 있던 물을 허름한 물통에 옮겨 담고, 허름한 그릇에 들어 있던 술을 모두 금그릇이나 은그릇에 옮겨 담았다. 그러자 술맛이 변해서 먹을 수가 없게 되었다.

임금이 화를 내며 소리쳤다.

"누가 이런 그릇에다 술을 담았느냐?"

"죄송합니다. 그렇게 하는 것이 어울릴 것 같아서 제가 그랬어요."

공주는 용서를 빌었다. 그리고는 곧장 랍비를 찾아가 화를 내며 물었다. 그러자 랍비는 이렇게 대답했다.

"나는 다만 공주님에게 매우 귀중한 것도 경우에 따라서는 허름한 항아리에 넣어 두는 것이 좋을 때가 있다는 것을 알려 주고 싶었을 뿐입니다."

 **세 자매**

딸을 셋 둔 아버지가 있었다. 딸 셋 모두 미인이었다. 그러나 각기 하나씩 결점을 가지고 있었다. 한 딸은 몹시 게으르고, 또 한 딸은 도벽이 있고, 나머지 한 딸은 남을 중상하기를 좋아했다.

또 아들만 셋 둔 어느 부호가 있었는데 하루는 그가 찾아와 세 딸의 아버지에게 그 딸들을 자신의 며느리로 달라고 간청했다.

세 딸의 아버지가 자신의 딸들은 이러이러한 버릇이 있다고 말하자 그 부호는 자기가 그 버릇을 서서히 고쳐 나가겠다고 했다.

시아버지가 된 사람은 게으른 며느리를 위해서는 많은 하인들을 고용해 주었다. 그리고 도벽이 있는 며느리에게는 갖고 싶은 물건을 위해 많은 돈을 주었으며, 헐뜯기를 좋아하는 며느리에게는 아침 일찍 불러내어서 오늘은 헐뜯을 사람이 몇 명인가를 물어보았다.

그러던 어느 날 세 딸의 아버지가 결혼 생활하는 딸들이 궁금해 살피러 왔다.

맏딸은 자기가 좋아하는 만큼 게으름을 피울 수 있다고 했고, 둘째는 갖고 싶은 물건을 맘껏 가질 수 있어 행복하다고 했다. 그러나 셋째딸만은 시아버지가 유독 자기만 괴롭혀서 살기 힘들다고 했다.

이 말을 들은 아버지는 셋째딸의 말을 믿지 않았다. 왜냐하면 그녀는 시아버지까지 헐뜯고 있었기 때문이다.

 혀 (1)

한 상인이 시장 골목을 돌아다니며 큰 소리로 외쳤다.

"인생의 비결을 사갈 사람은 없습니까?"

그러자 삽시간에 많은 사람들이 구름처럼 모여들었다. 그 중에는 랍비도 몇 명 끼어 있었다.

"여보시오, 그 인생의 비결을 내가 사겠소."

사람들이 이구동성으로 그 비결을 사겠다고 나서자 상인은 말했다.

"인생을 참되게 사는 비결은 바로 자기의 혀를 조심해서 쓰는 일입니다."

혀 (2)

랍비가 학생들을 위해서 만찬을 베풀었다. 음식 가운데에는 소와 양의 혀로 만든 요리가 나왔는데 그 중에는 딱딱한 혀로 된 것도 있었고, 부드러운 혀로 된 것도 있었다.

학생들은 저마다 부드러운 혀만 먹으려고 다투었다. 그러자 랍비가 말했다.

"너희들도 언제나 부드러운 혀를 간직하고 있어야 한다. 딱딱한 혀는 불화를 몰고 올 수도 있으니까."

 혀 (3)

어느 날, 랍비가 하인에게 돈을 주면서 시장에 가서 맛있는 것을 사오라고 했다. 그러자 하인은 혀를 사왔다.

며칠 후에 랍비가 다시 이르기를 오늘은 좀 싼 음식으로 사오라고 하자 하인은 또 혀를 사왔다.

그래서 랍비가 물었다.

"지난번에는 맛있는 걸 사오라고 했더니 혀를 사오더니만 오늘은 싼 것을 사오라고 했는데 또 혀를 사왔으니 어찌된 일인가?"

하인이 대답했다.

"혀가 좋으면 그보다 더 좋은 것이 없겠고, 나쁘면 그보다 더 나쁜 것이 없겠지요."

하느님이 맡긴 보석

　　　　메이어라는 랍비가 안식일에 교회에서 설교
를 하고 있었다. 그런데 그때 마침 집에서 갑자기 그의 두
아들이 죽었다. 랍비의 아내는 두 아들의 시체를 이층으
로 옮기고 하얀 천으로 덮어두었다.

　랍비가 집으로 돌아오자 아내가 말했다.

　"당신에게 묻고 싶은 것이 있어요. 어떤 분이 귀중한 보
석을 저에게 맡기셨는데 갑자기 돌려달라고 하시니 저는
어찌하면 좋겠어요?"

　"물론 다시 주인에게 돌려 주어야 하지요."

　그러자 아내가 말했다.

　"실은 방금 하느님께서 귀중한 보석 두 개를 거두어 가
셨어요."

　랍비는 그 말을 알아듣고 아무 말도 하지 못했다.

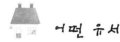 어떤 유서

　　예루살렘에서 멀리 떨어진 곳에 살고 있는 한
유대인이 아들을 예루살렘에 있는 학교에 입학을 시켰다.
그런데 아들이 예루살렘에서 공부를 하고 있는 사이에 아
버지는 중병에 걸려 앓아눕게 되었다.

　아버지는 가만히 생각해 보니 자신은 살아날 가망성이
없는 것 같아 유서를 썼다. 유서의 내용은 자기가 가지고
있던 전 재산은 모두 노예에게 물려 주되 아들은 단 한 가
지만 가질 수 있다는 것이었다.

　얼마 후에 주인이 숨을 거두자, 노예는 자신의 행운을
기뻐하며 예루살렘으로 달려가 아들에게 아버지의 죽음
을 알리고 유서를 보여 주었다. 아들은 대단히 놀라고 슬
펐다.

　아들은 아버지의 장례를 치르고 앞으로 어떻게 해야 할
까 고민하다가 결국엔 랍비를 찾아갔다. 그리고 자신의
사정을 말하며 투덜거렸다.

"왜 아버지께서는 저에게 재산을 한푼도 물려 주지 않았을까요? 여태까지 저는 아버지께 잘못을 저지른 일이 없는데도 말입니다."

그러자 랍비가 말했다.

"말도 안 되는 소리 말게나, 자네 부친은 지혜로운 분이시네. 이 유서를 보면 자네를 얼마나 사랑하고 있는지 알 수 있지 않겠는가?"

그러나 아들은 여전히 아버지를 원망하며 말했다.

"노예에게 전 재산을 물려 주시고 저에게는 동전 한푼 남겨 놓지 않으셨는데 자식에 대한 사랑이라곤 손톱만큼도 없이 저를 미워하신 것이 분명합니다."

그러나 랍비는 아들을 타이르며 말했다.

"자네도 아버지처럼 현명하게 머리를 써보게. 아버지가 무엇을 바라고 있었던가를 생각해 보면 자네에게 훌륭한 유산을 남겨 주었음을 깨닫게 될 걸세. 자네 아버지는 자기가 죽을 때 아들이 없었으므로 노예가 재산을 가지고 도망가거나, 재산을 써버리거나, 자기가 죽은 것조차 아들에게 알리지 않을지도 모른다고 생각하고 우선 노예에게 준 것이지. 재산을 전부 받은 노예는 너무 기쁜 나머지

급히 자네를 만나러 갈 것이고, 재산도 소중하게 관리될 것이라고 생각한 거지."

"그게 저에게 무슨 소용이 있습니까?"

"젊은이들은 역시 지혜가 부족하군. 노예의 재산은 전부 주인에게 속한다는 걸 모르고 있었나? 자네 아버님은 단 한 가지를 자네에게 주지 않았는가. 자네는 노예를 선택하면 되는 것이야. 자네 아버님이야말로 얼마나 현명하시고 애정이 넘치는 분이신가."

아들은 그제서야 유서의 내용을 깨닫고 랍비가 말한 대로 하고, 나중에 노예를 해방시켜 주었다. 아들은 세월이 흘러도 곧잘 '역시 나이 드신 분의 지혜는 당할 도리가 없다.'라고 중얼거렸다.

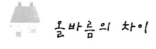

올바름의 차이

알렉산더 대왕이 이스라엘에 왔을 때의 일이
다. 유대인이 대왕에게 물었다.

"우리가 가지고 있는 금과 은을 보고 싶습니까?"

"나는 금과 은은 많이 가지고 있으므로 조금도 갖고 싶
은 생각이 없소. 다만 유대인들의 습관과 유대인들에게
있어서 올바름이란 무엇인가를 알아두고 싶소."
라고 대왕이 말했다.

대왕이 머무르고 있는 동안 때마침 두 남자가 랍비에게
상담을 하러 왔다.

한 사람이 다른 한 사람에게서 쓰레기더미를 샀는데 쓰
레기더미를 산 남자는 쓰레기 속에 대단히 많은 양의 동
전이 섞여 있는 것을 발견했다. 그래서 그는 넝마를 판 남
자에게 말했다.

"나는 넝마만 산 것이니 동전은 당신 것이오."

넝마를 판 남자가 대답했다.

"내가 당신에게 판 것은 쓰레기더미 전부이므로 그 속에 들어 있는 것이 돈이든 무엇이든지간에 당신 것이오."

그 말을 듣고 랍비가 판정을 내렸다.

"당신에게는 딸이 있고, 당신에게는 아들이 있지요? 그렇다면 두 사람을 결혼시켜 그들에게 그 동전을 넘겨 주는 것이 가장 좋을 것이오."

그 후 랍비는 알렉산더 대왕에게 물었다.

"폐하, 폐하의 나라에서는 이러한 경우 어떻게 처리합니까?"

대왕은 아주 간단하게 대답했다.

"우리나라는 두 사람을 죽이고 동전은 내가 갖지요. 이것이 나에게 있어서의 올바름이오."

포도밭의 여우

옛날에 여우 한 마리가 포도원 옆을 서성거리며 어떻게 해서든지 그 안으로 들어가려고 궁리하고 있었다. 그러나 울타리가 있어서 좀처럼 들어갈 수가 없었다. 그래서 여우는 사흘간 단식을 하여 몸의 살을 뺀 다음 간신히 울타리 사이를 비집고 들어가는데 성공했다.

포도원에 들어간 여우는 마음껏 먹었기 때문에 막상 포도원에서 나오려 할 때는 배가 너무 불러서 울타리를 빠져 나올 수가 없었다. 그래서 할 수 없이 또 사흘간 단식하고 몸의 살을 뺀 후 빠져 나왔다.

그때 여우는 이렇게 말했다.

"결국 배는 들어갈 때나 나올 때나 똑같게 되었군. 인생도 이와 똑같은 것이다. 벌거벗은 채로 태어나 죽을 때도 벌거벗은 채로 죽지 않으면 안 된다. 사람은 죽어서 가족과 부富와 선행 세 가지를 세상에 남긴다. 그러나 선행 이외의 것을 남겨두려 해서는 안 된다."

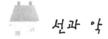

선과 악

대홍수가 지구를 삼켜버리던 때, 모든 동물이 노아의 방주를 타러 왔다. '선善'도 급히 달려왔다. 그러나 노아는 '선'을 태우기를 거절했다.

"나는 한 쌍으로 된 것 외에는 태우지 않기로 했다."

그래서 '선'은 숲으로 되돌아가서 자기의 짝이 될 만한 것을 찾아보았다. 결국 '악'을 데리고 배에 올랐다.

그때부터 선이 있는 곳에는 어디에나 악이 있게 되었다.

장님의 초롱

　　어떤 남자가 아주 어두운 곳을 걸어가고 있었다. 그때 반대편에서 장님이 호롱불을 들고 걸어왔다.

그래서 남자가 물었다.

"당신은 장님인데 왜 호롱불을 들고 다니시오?"

장님이 대답했다.

"내가 이것을 들고 다니면 눈멀지 않은 사람들이 내가 가고 있다는 것을 알게 되어 서로 부딪히는 일을 미리 막을 수 있기 때문이오."

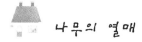 나무의 열매

어떤 노인이 정원에서 묘목을 심고 있었다. 마침 그곳을 지나가던 한 나그네가 물었다.

"노인장은 도대체 언제쯤이나 그 나무에서 열매가 열릴 것이라고 생각하고 계시오?"

"아무래도 70년은 지나야 될 것 같소."

노인의 대답에 그 나그네가 다시 물었다.

"당신이 그렇게 오래 살겠습니까?"

"아니오, 그렇지 않소. 내가 태어났을 때 과수원에는 열매가 주렁주렁 열려 있었소. 그것은 내가 태어나기 전에 아버님이 나를 위해 어린 나무를 심어 놓았기 때문이오. 나도 내 아들을 위해 이러고 있는 것이지요."

가정의 평화

메이어라는 랍비는 연설을 아주 잘하기로 소문이 나 있었다. 그는 매주 금요일 밤이면 교회에서 연설을 했다. 도처에서 수백 명이나 되는 사람들이 그의 연설을 들으러 왔다.

그 가운데에는 메이어의 설교를 좋아하는 여자가 있었다. 보통 유대의 여자들은 금요일 밤에는 다음 날의 안식일을 위해 음식을 준비하는데, 그 여자는 그의 설교를 들으러 왔다. 그는 꽤 오랫동안 설교했고 설교가 끝난 후 그녀는 만족하여 집으로 돌아왔다.

그런데 남편이 대문에서 그녀를 기다리고 있다가, 내일이 안식일인데 아직 음식을 준비하지 않았다고 하면서 화를 냈다.

"당신은 도대체 어디 갔다 오는 거요?"

"교회에서 랍비 메이어의 설교를 듣고 왔어요."

그러자 그는 대단히 화를 내며 소리를 질렀다.

"그 랍비의 얼굴에 침을 뱉고 오기 전에 당신은 절대 집에 들어올 수 없어."

그래서 그녀는 쫓겨나 하는 수 없이 그녀의 친구 집에 머물렀다.

메이어는 이 사실을 전해 듣고 나서 자기의 설교가 지나치게 길었기 때문에 한 가정의 평화가 깨졌다는 것을 깨달았다. 그래서 그녀를 불러 눈이 아프다고 호소하면서 이렇게 말했다.

"눈이 아플 때에는 침으로 씻어내는 것이 더 좋을 것 같소. 그렇게 하면 약이 될 것이오. 당신이 좀 씻어 주시오."

그래서 그녀는 그의 눈에 침을 뱉었다. 그것을 본 제자들이 물었다.

"선생님은 덕망 있는 랍비이신데, 어찌하여 여자로 하여금 선생님의 얼굴에 침을 뱉게 하십니까?"

그러자 랍비가 대답했다.

"한 가정의 평화를 다시 찾기 위해서는 그보다 더 심한 일이 생기더라도 참아야 하오."

일곱 번째 사람

어떤 랍비가 말했다.

"지금 이 문제는 내일 아침에 여섯 사람이 모여서 해결하도록 합시다."

그런데 다음 날 아침에 보니까 일곱 사람이 모여 있었다. 누군가 한 사람, 부르지 않은 사람이 와 있었던 것이다. 랍비는 그 일곱 번째 사람이 누군지 알 수 없었다.

그래서 랍비가 말했다.

"여기에 초청을 받지 않은 사람이 한 사람 있습니다. 그분은 곧 돌아가 주십시오."

그러자 그 중에서 가장 유명한 인물이며 누가 생각해도 당연히 초청받았음직한 사람이 일어나서 나가버렸다.

그는 왜 그랬을까? 그것은 초청을 받지 않았거나 또는 어떤 착오로 인해 오게 된 사람이 굴욕감을 느끼지 않도록 하기 위해서 자기가 나갔던 것이다.

지도자

뱀이 있었다. 뱀의 꼬리는 언제나 머리 뒤에 붙어서 따라다녔다. 어느 날, 마침내 꼬리는 불만을 터뜨리면서 머리에게 말했다.

"어째서 나는 언제나 너의 꽁무니만 따라다니고 너는 마음대로 나를 끌고 다니면서 갈 곳을 정하지? 이것은 아주 불공평한 일이야. 나도 뱀의 일부인데 언제나 노예처럼 너만 따라다니는 것은 말도 안 돼!"

그러자 머리가 대꾸했다.

"아니, 그런 바보 같은 소리를 하다니. 너는 앞을 볼 수 있는 눈도 없고 소리를 들을 수 있는 귀도 없고, 생각할 수 있는 머리도 없잖아? 나는 결코 나 자신만을 위해서 행동하는 것이 아니야. 또 너를 생각하기 때문에 너를 끌고 다니는 거야."

꼬리는 큰 소리로 웃으며 말했다.

"그런 소리는 귀가 아프도록 들었어. 어떤 독재자도, 어떤 압제자도 모두 말로는 그를 따르는 자들을 위하여 일하고 있다고 하면서도 실은 자기 멋대로 행동하고 있어."

"네가 그렇게까지 말한다면, 지금부터는 네가 나의 역할을 해라."

할 수 없이 머리가 말했다. 그러자 꼬리는 기뻐하면서 앞장서서 나아갔다. 그러나 꼬리는 얼마 못 가서 도랑에 빠지고 말았다. 꼬리는 머리의 도움으로 간신히 구덩이에서 나올 수 있었다.

그리고 잠시 후에 꼬리는 가시가 무성한 덤불 속으로 기어 들어가고 말았다. 그러나 꼬리가 빠져 나오려고 몸부림칠수록 더욱 덤불 속으로 들어가게 되어 어찌할 바를 몰랐다. 결국 머리의 도움을 받아 상처투성이가 된 채 가시덤불에서 간신히 빠져 나왔다.

그래도 꼬리는 앞장서서 나가다가, 이번에는 불 속으로 들어가고 말았다. 점점 몸이 뜨거워지더니, 갑자기 주위가 어두워졌다. 꼬리는 무서움에 떨기 시작했다. 다급해진 머리가 필사의 노력을 해보았으나 허사였다. 이미 몸은 불타고 머리도 함께 타죽고 말았다. 머리는 결국 맹목적인 꼬리 때문에 죽었다.

지도자를 선택할 때는 언제나 머리 같은 인물을 고르고 이 꼬리 같은 자를 골라서는 안 되는 것이다.

세 가지 현명한 행동

예루살렘에 사는 사람이 여행을 하다가 병이 났다. 그는 자신은 더 이상 살 수 없다고 생각하고 여관 주인을 불러 말했다.

"나는 곧 죽게 될 것 같소. 내가 죽은 후에 예루살렘에서 아들이 오면 내가 가진 물건을 그에게 전해 주시기 바랍니다. 그러나 내 자식이 현명한 행동 세 가지를 하지 않는다면 내가 가진 물건을 결코 내 주지 마십시오. 왜냐하면 나는 여행을 떠나기 전에 아들에게, 만약 내가 여행중에 죽게 되면 나의 재산을 상속받기 위하여 세 가지의 현명한 행동을 하지 않으면 유산을 줄 수 없다고 말했기 때문입니다."

마침내 그 남자가 죽자 유대의 예법에 따라 여관 주인이 장례식을 치러 주었다. 동시에 마을 사람들에게 그의 죽음이 알려졌고, 예루살렘에 있는 아들에게 심부름꾼이 보내졌다.

아들은 예루살렘에서 아버지가 죽었다는 소식을 듣고 아버지가 죽은 마을을 찾아갔다. 그러나 아들은 아버지가 죽은 집을 알지 못했다. 왜냐하면 아버지가 죽으면서 그의 아들에게 자기가 죽은 여관을 알리지 말도록 유언했기 때문이다.

그래서 아들은 스스로 그 집을 찾아 내지 않으면 안 되었다. 이때 나무꾼이 잔뜩 나무를 지고 지나가고 있었다. 아들은 그를 불러 세우고 장작을 산 뒤, 예루살렘에서 온 사람이 죽은 집으로 그 나무를 배달하라고 말하고는 그 나무꾼의 뒤를 따라갔다.

그런데 나무꾼을 본 여관 주인이 말했다.

"나는 나무를 살 생각이 없소."

그러자 나무꾼이 말했다.

"내 뒤에 오는 분이 이 장작을 사서 이곳으로 가져가라고 했습니다."

이것이 아들의 첫 번째 현명한 행동이었다.

여관 주인은 그를 기쁘게 맞이한 후 저녁을 대접했다. 식탁에는 칠면조 다섯 마리와 닭 한 마리가 요리되어 있었다. 그리고 주인과 그의 아내, 두 아들, 두 딸 등 일곱

명이 식탁에 앉았다.

주인이 말했다.

"음식을 모두 나누어 주십시오."

"아닙니다. 주인이신 당신이 나누는 것이 당연합니다."

"당신이 손님이므로 당신이 나누어 주면 좋겠습니다."

하는 수 없이 아들은 음식을 나누기 시작했다. 우선 칠면조 한 마리를 두 아들에게, 또 한 마리의 칠면조는 두 딸에게 주고, 또 한 마리는 주인 부부에게 주었다. 두 마리의 칠면조는 자기 몫으로 식탁에 놓았다. 이것이 아들의 두 번째 현명한 행동이었다.

주인은 이것을 보고 아주 못마땅한 얼굴을 했으나, 아무 말도 하지 않았다.

다음에 아들은 닭을 나누기 시작했다. 우선 머리를 주인 부부에게 주었고, 두 아들에게는 다리를 주었다. 두 딸에게는 날개를 주고, 나머지 몸통 전체는 그가 가졌다. 이것이 아들의 세 번째 현명한 행동이었다.

마침내 주인은 성을 내며 소리쳤다.

"당신 나라에서는 이와 같이 한단 말이오? 당신이 칠면조를 나눌 때에는 그래도 참으려고 했지만 닭을 나누는 것을 보니 더 이상 참을 수가 없소. 도대체 당신 뭐 하는 것이오."

그 아들은 조용한 목소리로 말했다.

"나는 음식 나누는 일을 하고 싶지 않았습니다. 그러나 당신이 억지로 시키므로 나는 최선을 다한 것입니다. 주인 내외분과 칠면조 한 마리로 세 개, 두 아드님과 칠면조 한 마리로 세 개, 두 따님과 칠면조 한 마리로 세 개, 그리고 나는 칠면조 두 마리로 세 개가 됩니다. 이것은 아주 공평한 방법입니다. 또 당신은 이 집의 첫째가는 가장이므로 닭의 머리를 드렸고, 두 아들은 이 집의 기둥이므로 다리를 주었습니다. 두 딸에게 날개를 준 것은 이제 날개를 달고 좋은 집으로 시집을 갈 것이기 때문입니다. 나는 배를 타고 여기에 왔고, 또 배를 타고 돌아가야 하므로 몸통 부분을 가진 것입니다. 빨리 내 부친의 유산을 주십시오."

효도

어떤 남자가 고대 이스라엘 디마라는 마을에 살고 있었다. 그는 6천 개의 금화에 해당하는 다이아몬드 한 개를 가지고 있었다.

어느 날 랍비가 사원의 침전寢殿을 장식하는데 쓰려고, 6천 개의 금화를 가지고 그에게 다이아몬드를 사러 갔다. 그런데 공교롭게도 다이아몬드를 넣어둔 금고 열쇠를 베개 밑에 두고 마침 그의 아버지가 잠을 자고 있었다.

그가 말했다.

"주무시는 아버님을 깨울 수는 없으므로 다이아몬드는 팔지 못하겠습니다."

굉장히 큰돈을 벌 수 있는 기회였었는데도 아버지를 깨울 수 없다고 한 것은 대단한 효도라고 감격하여 랍비는 그 이야기를 사람들에게 널리 전했다.

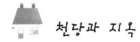 ## 천당과 지옥

어떤 젊은이가 아버지에게 살찐 닭을 잡아 드렸다.

아버지가 물었다.

"이 닭을 어디서 구했느냐?"

"아버지, 그런 것에는 신경 쓰지 마시고 많이 드시기나 하세요."

아버지는 더 이상 아무 말도 묻지 않았다.

또 한 명의 젊은이는 물레방앗간에서 밀가루를 빻고 있었는데, 왕이 나라 안의 방앗간 일꾼은 전부 불러들인다는 포고령을 내렸다. 그러자 젊은이는 아버지를 자기 대신 방앗간에서 일하게 하고 자기는 성으로 갔다.

이 두 아들 가운데 누가 천당으로 가고 누가 지옥으로 갈 것인가 생각해 보자. 또 그 이유는 무엇일까?

두 번째 젊은이는 왕이 강제로 끌어모은 노동자들을 혹사시키고 천대하며 먹을 것도 제대로 주지 않을 것을 알고서 아버지 대신 자기가 갔던 것이다. 따라서 그는 천당에 갔다.

그러나 아버지에게 닭을 잡아 드린 젊은이는 아버지의 질문에 제대로 대답을 하지 않았으므로 지옥에 갔다.

진심으로 대하는 행동이 아니면 오히려 아버지에게 일을 시키는 편이 낫다.

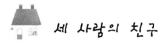 # 세 사람의 친구

옛날 어떤 왕으로부터 소환장을 받은 한 남자가 있었다. 이 남자에게는 친구가 세 사람 있었다. 첫 번째 친구는 아주 소중하게 생각하고 있었으므로 둘도 없는 친구라고 여기고 있었다. 두 번째 친구도 역시 사랑은 하고 있었으나 첫 번째 친구만큼 소중하게 여기지는 않았다. 세 번째 친구도 친구라고는 생각하고 있었으나 두 친구만큼 우정을 느끼고 있지는 않았다.

그러던 어느 날 왕에게서 사신이 왔다. 그는 뭔가 자기가 잘못을 저질러 그것을 조사하려는 게 아닌가 하고 까닭 없이 근심이 되어 혼자서는 왕 앞에 나아갈 용기가 나지 않았다. 그는 세 친구에게 함께 가 달라고 부탁했다.

우선 가장 친하고 소중하게 여기던 친구의 집에 가서 부탁했다.

"함께 가다오."

"나는 안 돼."

친구는 이유도 묻지 않고 딱 잘라 거절했다.

두 번째 친구에게 부탁하자,

"성문까지는 같이 갈 수 있지만, 그 이상은 같이 갈 수가 없어."

세 번째 친구는 흔쾌히 대답했다.

"좋아 함께 가지. 자네는 아무것도 잘못한 것이 없으니 그렇게 걱정할 것 없네. 내가 함께 가서 왕에게 그렇게 말해 주지."

왜 세 친구들은 그렇게 말했을까? 한 번 생각해 보자.

첫 번째 친구는 '재산'과 같은 것이다. 아무리 사랑하더라도 죽을 때에는 남겨두고 갈 수밖에 없다. 두 번째 친구는 '가족'이나 마찬가지이다. 화장터까지는 따라가 주지만, 거기서부터는 그냥 돌아가 버린다. 세 번째 친구는 '선행'이다. 착한 행실은 보통 때에는 눈에 띄지 않으나, 죽은 후에도 영원히 남는 것이다.

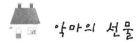 악마의 선물

이 세상에서 최초의 인간이 포도 씨를 심고 있었다. 그때 악마가 나타나서 물었다.

"무엇을 하고 있느냐?"

"나는 훌륭한 식물을 심고 있지."

인간이 대답하자 악마가 대꾸했다.

"이런 나무는 본 적이 없는데……."

인간은 악마에게 설명했다.

"이 나무는 대단히 달고 맛있는 열매를 맺지. 그 즙을 마시면 당신은 아주 행복해질 거야."

악마는 이 좋은 것을 자기도 친구들에게 꼭 가져다 주겠다면서 양과 사자, 돼지와 원숭이를 죽여서 그 피를 포도밭에 비료로 뿌렸다. 이렇게 해서 포도나무의 싹이 돋았다.

그래서 술은 처음 마실 때에는 양같이 순하고 조금 더 마시면 사자와 같이 강하게 되며, 더 마시면 돼지같이 추

잡(거칠고 막되어 조촐한 맛이 없음의 뜻)하게 된다. 지나치게 마시면 원숭이처럼 춤을 추거나 노래를 부른다. 이것은 악마가 인간에게 준 하나의 선물이다.

 어머니

　　　　　어떤 랍비가 어머니와 둘이서 길을 걸어가고
있었다. 그런데 그 길은 돌이 많고 울퉁불퉁한 길이어서
걷기가 아주 힘들었다. 랍비는 어머니가 한 발을 내디딜
때마다 자신의 발을 어머니의 발밑으로 뻗쳐 징검다리처
럼 해 주었다.

　탈무드 속에는 부모가 등장하면 반드시 아버지가 앞에
나오는데, 이 이야기는 어머니만 등장하는 유일한 이야기
이다. 어머니도 아버지와 마찬가지로 소중하다는 교훈을
알려 주기 위한 듯하다.

　만약 부모가 동시에 물을 마시고 싶어할 때에는 아버지
에게 먼저 드린다. 왜냐하면 어머니도 아버지를 섬기지
않으면 안 되는 입장이기 때문에 어머니에게 먼저 드린다
해도 어머니는 드시지 않고 아버지에게 권해 드릴 것이기
때문이다.

탈무드의 위대함

　　나치의 수용소에서 6백만 명이나 학살된 후에
야 나머지 유대인들이 구출되었다. 살아남은 사람들이 미
국의 트루먼 대통령에게 감사의 뜻을 전하고자 《탈무드》
를 보냈다. 이것은 전후에 독일에서 인쇄된 것이었다. 그
렇게 유대인의 학살을 꾀했던 나라에서조차 탈무드를 인
쇄, 발행하고 있는 것은 탈무드의 위대함을 증명하는 것
이다.

중 용

군대가 행진을 하고 있었다. 길 오른쪽에는 눈이 내리고 얼음이 얼어 있었다. 왼쪽은 불바다였다. 오른쪽으로 가면 얼어붙고, 왼쪽으로 가면 불타 버리고 만다. 한가운데는 따뜻함과 시원함이 적절히 섞여진 길이었다.

결론

　　탈무드에는 4개월, 6개월, 심지어 7년이라는 긴 세월 동안 어떤 문제에 대해 토론을 계속했다는 이야기가 많이 나와 있다. 그 가운데에는 결론이 나지 않는 것도 있는데, 그런 이야기의 맨 끝부분에는 '알 수 없다.' 라고 씌어 있다. 이것의 교훈은 '알 수 없을 때에는 알 수 없다고 말하는 것이 좋다.' 는 것이다.

　　탈무드에는 많은 문제에 대해 결정이 내려져 있는데, 거기에는 반드시 소수의 의견도 기록되어 있다. 소수의 의견은 무시되기 쉬워서 기록해 두지 않으면 없어져 버리기 때문이다.

꿈

어떤 남자가 이웃집 아내에게 정욕을 품고 있었
다. 그러던 어느 날 밤, 결국 성 관계를 갖는 꿈을 꾸었다.
탈무드에 의하면 그것은 길조이다. 왜냐하면 꿈은 간절
한 소망의 표현이며, 실제로 관계를 가졌다면 꿈은 꿀 리
가 없기 때문이다. 꿈을 꾸었다는 것은 그만큼 자신을 억
제하고 있다는 증거이므로 대단히 좋게 평가된다.

시집가는 딸에게 — 친정어머니가

사랑하는 딸아,

네가 네 남편을 왕처럼 존경하게 되면, 네 남편은 너를 여왕처럼 대우해 줄 것이다. 그러나 네가 그를 노예처럼 취급한다면, 남편 역시 너를 노예처럼 대우할 것이다.

네가 만약 자존심을 내세우며 그에게 봉사하는 것을 싫어한다면, 그는 폭력을 이용하여 너를 여종처럼 다루고 말 것이다.

만약 네 남편이 친구의 집을 방문하려고 하면 그를 목욕하게 한 뒤 단정한 옷차림으로 보내야만 한다. 만약 남편의 친구들이 집에 놀러온다면 극진히 대접해야만 한다. 그렇게 하면 남편은 너를 누구보다도 소중히 여길 것이다.

언제나 가정에 마음을 쏟고, 그의 물건을 소중히 여겨라. 그러면 그는 기뻐하며 너의 머리 위에 왕관을 씌워 줄 것이다.

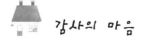

감사의 마음

문명이 발달하기 전, 태초의 인간은 빵 한 조각을 먹기 위해 얼마나 많은 일을 해야 했던가를 상상해 보라! 밭을 갈아서 씨앗을 뿌린 뒤 정성들여 그것을 가꾸어야 했고, 익은 후에는 거두어들여야 했다. 또 찧어서 가루를 만들어 반죽을 해야 했고, 그 다음에는 구워야 했다. 어쨌든 어마어마한 여러 과정을 거쳐야만 했다.

그렇지만 요즘은 어떠한가. 돈만 있으면 얼마든지 손쉽게 구할 수가 있다. 그것은 빵이 간단히 하늘로부터 떨어진 때문이 아니라, 옛날 사람들이 겪어야 했던 그 어마어마한 과정을 누군가가 대신해서 분담하기 때문이다. 그러므로 빵을 먹을 때에는 손쉽게 먹을 수 있도록 해 준 사람들에게 감사의 마음을 가져야 한다.

또 문명이 발달하기 전, 몸에 두를 천 자락을 만들기 위해 사람들은 얼마나 많은 일을 해야 했던가를 생각해 보라! 양을 사로잡아야 했고, 그것을 키워야 했으며, 털을

깎아서 실을 만든 뒤 옷감을 짜야 했고, 잘라서 꿰매야 했다. 어쨌든 복잡한 공정을 거쳐야만 했다.

그렇지만 현대에는 돈만 있으면 백화점에 가서 얼마든지 손쉽게 취향에 맞는 옷을 사 입을 수가 있다. 옛날 사람들이 겪어야 했던 그 어마어마한 과정을 누군가 나누어 분담하고 있기 때문이다. 그러므로 옷을 입을 때에도 그 사람들에게 감사의 마음을 가져야 한다.

기도

　어떤 배에 세계 각 나라의 사람들이 타고 있었다. 갑자기 폭풍우가 몰아치자 사람들은 제각기 자기 나라의 신에게 기도했다. 그러나 폭풍우는 점점 거세지기만 했다.

　사람들은 기도를 하지 않는 유대인을 질타했다.

　"당신은 왜 기도하지 않는 거요?"

　그러자 유대인이 기도를 시작했다. 잠시 후 폭풍우가 멎고 배가 항구에 도착했을 때 사람들이 물었다.

　"우리들이 온갖 정성으로 기도했을 때는 이루어지지 않았는데, 어떻게 해서 당신이 기도하니까 금방 폭풍우가 진정되었을까요?"

　유대인은 이렇게 대답했다.

　"나도 잘 모르겠지만, 어쨌든 여러분은 모두 제각기 여러분들 나라의 신에게 기도했습니다. 그러나 바다는 어느 나라에도 속해 있지 않습니다. 나의 신은 전 우주를 지배하는 넓고 크신 신으로 바다에서 내가 했던 기도를 들어 주셨던 것 같습니다."

마음

인간의 모든 기관은 마음에 좌우되고 있다. 마음은 보고, 듣고, 걷고, 서고, 기뻐하고, 강건해지고, 부드러워지고, 탄식하고, 두려워하고, 교만해지고, 상대방에게 설득되고, 사랑하고, 미워하고, 탐구하고, 반성한다. 그러므로 가장 강한 인간은 자신의 마음을 다스릴 수 있는 인간이다.

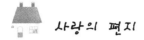 ## 사랑의 편지

　　　　한 쌍의 연인이 있었다. 두 사람은 서로 깊이
사랑했고, 남자는 처녀에게 일생 동안 그녀만을 사랑하겠
다고 맹세했다.

　얼마 동안 그들 두 사람은 순탄하고 행복한 나날을 보
냈다. 그러던 어느 날, 남자는 그녀를 남겨두고 여행을 떠
나게 되었다. 그녀는 손꼽아 기다렸으나 그는 오랫동안
돌아오지 않았다.

　친구들은 그녀를 가엾게 여겼으나, 그녀의 연적들은 그
는 절대로 돌아오지 않을 거라면서 그녀를 비웃었다.

　그녀는 집에 돌아와 그가 일생 동안 그녀만을 사랑하겠
다고 은밀히 맹세하던 편지를 꺼내어 눈물을 흘리면서 읽
었다. 편지는 그녀에게 위안이 되었으며, 그녀의 힘이 되
어 주었다.

　어느 날 연인이 돌아왔다. 그녀는 그동안의 슬픔을 털
어놓았다.

"그런 괴로움 속에서 어떻게 정절을 지킬 수 있었소?"
그가 물었다. 그러자 그녀가 웃으며 대답했다.
"나는 이스라엘*과 같아요."

*주해 : 이스라엘이 다른 나라의 지배 아래에 있었을 때, 다른 나라 사람들
은 모두 유대인들을 비웃었다. 이스라엘이 독립한다는 말을 들은 그들은 또
이스라엘의 현인들을 조롱했다. 유대인들은 학교와 교회를 지키는 것으로
이스라엘을 지켜왔다. 유대인들은 하느님이 이스라엘에 준 서약을 계속 읽
었으며, 그 속에 있는 성스러운 약속을 믿으며 살아왔다. 하느님은 약속을
지켰다. 그녀도 그의 맹세의 편지를 읽는 것으로써 그를 믿었고, 그가 돌아
올 것을 기다리고 있었기 때문에 이스라엘과 같다고 말한 것이다.

유대인의 은둔

만약 유대인이 세속과 일체의 인연을 끊고 은둔하여 10년간 공부만 한다면, 10년 후에는 하느님에게 제물을 바치며 용서를 빌어야 할 것이다. 그것은 아무리 많은 지식을 쌓는다 할지라도 사회에서 자신을 분리시켜 놓은 것은 죄이기 때문이다. 유대인 사회에는 은둔자가 거의 없다.

육체와 영혼

어느 왕에게 '오처'라고 하는 아주 맛있는 과일이 열리는 나무가 한 그루 있었다. 왕은 그것을 지키도록 두 사람의 파수꾼을 고용했다. 한 사람은 장님이고 또 한 사람은 절름발이였다.

그런데 두 사람은 나쁜 마음을 품고 함께 작당하여 그 나무의 열매를 훔치자고 모의했다. 장님은 절름발이를 자기의 어깨 위에 태우고, 절름발이는 장님에게 방향을 지시하여 그 맛있는 과일을 실컷 따 먹었다.

과일이 없어진 것을 안 왕이 크게 노하여 두 사람을 심문했다. 장님은 자기는 볼 수가 없으므로 도둑질을 할 수가 없노라고 딱 잘라 말하고, 절름발이는 그렇게 높은 곳에는 불편한 다리로 올라갈 수 없으므로 자기는 범인이 아니라고 말했다.

왕은 두 사람의 주장이 일리가 있다고 생각은 하면서도 그들의 말을 완전히 믿지는 않았다. 어쨌든 두 사람의 힘은 한 사람의 힘보다 훨씬 크다.

　인간은 육체만으로는 아무것도 할 수 없으며, 영혼만으로도 아무것도 할 수 없다. 이 두 가지가 일치되어야만 나쁜 일이건 좋은 일이건 할 수 있게 된다.

붕대

법률이란 붕대와 같은 것이다.

어떤 나라의 왕이 부상당한 자기 아들에게 붕대를 매주면서 말했다.

"이 붕대를 매고 있는 동안에는 먹거나 뛰거나 물에 들어가도 아프지 않을 것이다. 그러나 이 붕대를 매지 않으면 상처는 덧난단다."

사람도 마찬가지이다. 사람의 마음속에는 악한 것을 바라는 성질이 내재되어 있다. 그러나 법률을 마음속에 간직하고 있는 한 그 성질을 이길 수가 있다.

숫자

내가 말을 잘못하여 어떤 사람에게 상처를 입혔다고 가정하자. 다음에 그와 만나게 되었을 때 '지난번에는 제가 그만 실언을 하고 말았습니다.'라고 사과해야 한다. 그래도 상대방이 용서해 주지 않을 때에는 어떻게 해야 하는가?

유대인은 이런 경우, 열 명의 사람들에게 '나는 얼마 전에 어떤 사람에게 이러이러한 실례의 말을 했습니다. 그 후에 사과하러 갔으나 그가 받아 주지 않았습니다. 나는 진정으로 내가 나빴다고 생각하고 있습니다. 여러분께서는 내 행위를 용서해 주실 수 있습니까?' 하고 묻는다. 그 열 사람이 모두 용서해 주면 용서받은 것으로 간주한다.

모욕을 당한 상대방이 죽어서 그에게 직접 사과할 수 없는 경우에는 열 명의 사람을 묘 앞에 불러 놓고, 묘를 향해 서서 사람들에게 용서를 빈다.

열 명이라는 수가 왜 나왔느냐 하면, 유대교의 교회에서는 기도할 때 열 사람이 모이지 않으면 기도가 성립되

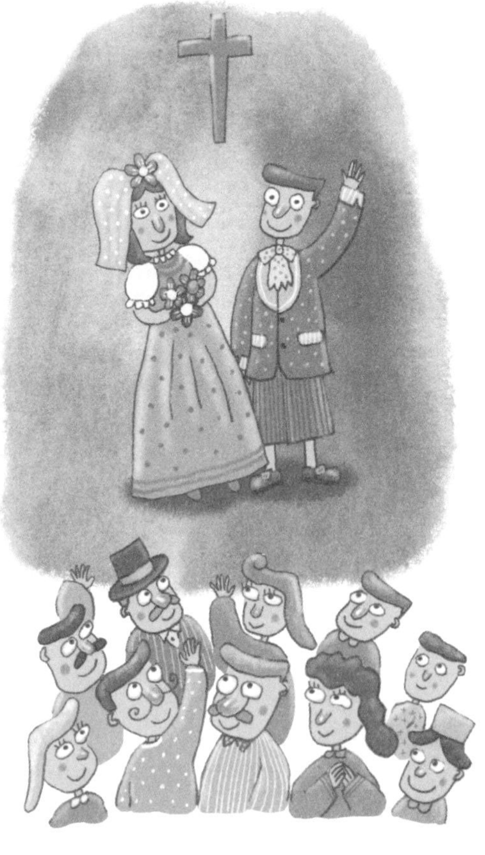

지 않았던 것에서 유래한다. 아홉 명 이하는 개인이며, 열 명이 되어야 비로소 집단으로 인정된다.

정치적인 결정이 아닌, 종교적인 공식 결정은 어떤 경우에도 열 사람이 있어야만 이루어진다. 결혼식에도 사적인 결혼식과 공식적인 결혼식이 있는데, 공식적인 결혼식에는 열 명 이상 참석해야 한다.

그 밖에 동양에서처럼 4나 9 등 특별히 싫어하는 숫자는 없으나, 날짜 가운데 흉일로 여기는 날은 있다. 여름의 어떤 특정한 날에 역사적으로 나쁜 일이 연속적으로 일어났다. 예루살렘에 있는 사원 두 채는 5백 년쯤 전에 지어진 것인데, 두 사원이 모두 같은 날에 불에 타 없어졌다. 1492년, 스페인에서 가톨릭 교도들이 유대인을 쫓아낸 것도 같은 날이고, 모세가 십계를 파괴한 것도 같은 날이다. 개인적으로는 내가 첫 직장을 잃게 된 것도 같은 날이다.

히브리의 달력에서 '어' 자가 들어 있는 달의 아홉 번째 날…… 대개 8월 1일 무렵인데, 그 날은 무엇을 먹거나 마셔도 안 된다. 특히 해가 떠서 질 때까지는 아무것도 입에 대서는 안 된다.

평소 교회 안에서는 의자에 앉게 되어 있으나, 이날은

마루에 앉는다. 부친이 죽었을 경우에도 같다. 유대인은 아주 슬픈 경우에는 의자에 앉지 않고 마루에 앉는다. 장례 음악을 연주하며, 촛불을 켜놓고 일한다. 이날은 어디를 가든 가죽 신발을 신어서도 안 된다.

앞에서 언급한 것처럼 가죽 신발은 자아의 상징이다. 회교도가 회교 사원에 들어갈 때 신발을 들고 들어가는 것은 유대의 관습을 따른 것이다. 유대에서도 자기 부친이 죽으면 1주일 동안은 절대로 신발을 신어서는 안 되며, 또 자기 자신의 일을 생각해서도 안 된다. 거울을 보게 되면 아무래도 거기에 비친 자기 얼굴을 보면서 자기와 관련된 일을 생각하기 쉬우므로 모두 떼어 버린다. 신발을 벗는 것은 자기보다도 더 위대한 것이 있다는 것을 상기하기 위해서이다.

첫째 달의 제10일은 유대에서 가장 큰 성일聖日인데 이날도 신을 신지 않는다. 유대인들이 독립하기 전까지는 아주 슬픈 날이었다. 사원의 파괴는 곧 독립을 잃었다는 것을 뜻한다. 이스라엘이 독립한 오늘에도 이날이 가장 슬픈 날로 되어 있다.(이스라엘이 독립한 지금 이날의 관습은 폐지되어야 한다는 의견도 있다.)

입으로 다치게 하지 않는다

동물들이 모여 뱀을 앞에 놓고 이야기를 하고 있었다. 어떤 동물이 뱀을 향해 물었다.

"사자는 먹이를 쓰러뜨려 먹고, 이리는 먹이를 찢어서 먹지. 그런데 뱀, 그대는 먹이를 통째로 삼켜버리는데 이유는 뭐지?"

그러자 뱀이 대답했다.

"나는 중상을 하는 자보다는 낫다고 생각한다. 왜냐하면 입으로 상대방을 다치게 하지는 않으니까."

3장

탈무드의 눈

눈은 사람의 얼굴 가운데서 가장 적은 부분을 차지하고 있다.

그렇지만 입과 같이 사물을 말하고,

격언이나 속담이 가지고 있는 매력을 그대로 갖추고 있다.

탈무드는 사람의 눈처럼 무한한 경구를 간직하고 있는 보물 창고이다.

그것은 영원한 유대인의 지혜가 응집된 것이라고도 말할 수 있으리라.

이 장에서는 이러한 것들 가운데 일부에 지나지 않지만

매우 중요한 의미를 지니고 있는 것을 인용해 보았다.

당신의 사색이 보다 심오하고 보다 고매해지는 자양분이 될 것이다.

가정

　　　　부부가 진실로 서로 사랑하고 있을 때에는 칼날과 같이 좁은 침대에서도 단잠을 잘 수 있지만, 서로 미워하고 있을 때에는 16미터짜리 침대도 좁다.

　세상에서 가장 행복한 사람은 좋은 아내를 맞이한 남자이다.

　남자는 결혼하면 죄가 는다.

　아내를 이유 없이 괴롭히지 마라. 하느님이 그녀의 눈물 방울을 세고 계신다.

　모든 병 중에서 마음의 병이 가장 고통스럽다. 또한 모든 악 중에서 악처가 가장 나쁘다.

세상에서 다른 것과 바꿀 수 없는 것 ― 그것은 젊을 때 결혼하여 함께 살아온 늙은 아내이다.

　남자의 집은 아내이다.

　아내를 선택할 때는 겁쟁이가 되라.

　상대방을 만나보지 않고 결혼해서는 안 된다.

　자녀들을 편애하지 마라.

　자녀가 어릴 때는 엄하게 키우고, 자란 뒤에는 꾸짖지 마라.

　아이들이 어렸을 때는 엄하게 가르쳐야 하나 그렇다고 두려움에 떨게 해서는 안 된다.

　아이들을 꾸짖을 때는 엄하게 한 번만 꾸짖어야지, 습관처럼 수시로 나무라서는 안 된다.

아이들은 부모의 말씨를 그대로 따라한다. 아이의 말씨로 부모의 인격을 알 수 있다.

아이들에게 약속한 것은 반드시 지켜야 한다. 지키지 않으면 아이들에게 거짓말하도록 가르치는 것이 된다.

가정에서 부도덕한 행동을 하는 것은 과일에 벌레가 생긴 것과 같다. 모르는 사이에 금방 퍼진다.

자식들은 부모를 공경해야 한다.

아버지의 자리에 자식이 앉아서는 안 된다.

아버지가 다른 사람과 논쟁하고 있을 때 다른 사람의 역성을 들어서는 안 된다.

아버지를 공경하고 순종해야 하는 이유는 아버지는 자식을 위해 먹을 것과 의복을 장만해 주기 때문이다.

인간

인간은 심장 가까이에 유방을 가지고 있다. 그러나 동물은 심장으로부터 좀 떨어진 곳에 유방이 달려 있다. 이것은 하느님이 동물과 인간의 차이점을 깊이 생각한 결과이다.

자신을 반성할 줄 아는 자가 서 있는 땅은 가장 훌륭한 랍비가 서 있는 땅보다도 훨씬 소중하다.

세계는 진리와 도덕과 평화라는 세 개의 토대 위에 서 있다.

인간은 다른 사람의 피부에 난 종기는 금방 알아 내도 자기의 중병은 깨닫지 못한다.

백성의 소리는 곧 하느님의 소리이다.

하느님은 이렇게 말씀하셨다.

"나에게는 네 명의 아이가 있다. 너희에게도 네 명의 아이가 있다. 너희의 네 아이는 아들, 딸, 하인과 하녀이고, 나의 네 아이는 과부, 고아, 나그네, 승려이다. 내가 너희의 아이들을 돌보아 주고 있으니 너희는 나의 아이들을 보살펴 주어야 한다."

거짓말쟁이가 받은 가장 무서운 벌은, 그가 진실을 말할 때에도 사람들이 믿어 주지 않는 것이다.

인간은 20년 동안에 깨달은 것을 2년 동안에 잊어버릴 수 있다.

사람은 세 개의 이름을 갖고 있다. 태어날 때 부모가 붙여 준 이름, 친구들이 우정으로 부르는 이름, 그리고 그의 생애가 끝났을 때 얻는 명성이 그것이다.

인생

인간은 자신이 처한 환경에 따라 명예가 높아지는 것이 아니라, 인간이 그 환경의 명예를 높이는 것이다.

모든 인류의 조상은 하나다. 그러므로 어떤 민족도 다른 민족보다 우수하지 않다. 만약 당신이 한 사람을 죽인다면, 그것은 모든 인류를 죽인 것과 같다. 그리고 당신이 한 사람의 생명을 구하면, 그것은 전 인류의 생명을 구한 것과 같다. 왜냐하면 세계는 한 사람의 인간에 의해 시작되었으며, 그 최초의 인간이 죽었다면 인류는 오늘날 존재하지 않았을 것이기 때문이다.

영리한 사람과 어진 사람의 차이 ─ 영리한 사람이란 어진 사람이 결코 헤어나지 못할 곤란한 상황에서 요령 있게 빠져 나오는 사람이다.

어떤 사람은 젊은데도 늙었고, 또 어떤 사람은 늙었는데도 젊다.

자신의 결점을 아는 사람에게는 남의 결점이 보이지 않는다.

음식을 가지고 장난하는 자는 배부른 사람이다.

하루를 공부하지 않으면 그것을 만회하기 위해서 이틀이 걸린다. 이틀을 공부하지 않으면 만회하는데 나흘이 걸린다. 일 년 공부하지 않으면 그것을 만회하기 위해서는 이 년이 걸린다.

현명하지 못한 사람들은 남의 수입에는 관심이 있으면서도 자신의 낭비에는 무관심하다.

눈이 보이지 않는 것보다 마음이 보이지 않는 것이 더 불행하다.

자신이 만나는 모든 사람에게서 무엇인가 배울 수 있는 사람이 가장 현명한 사람이다.

몰염치와 자기 자랑은 형제 사이이다.

강한 사람 — 자신을 억제할 수 있는 사람이다.

강한 사람 — 적을 친구로 변하게 할 수 있는 사람이다.

부자란 자신의 소유물에 만족할 줄 아는 사람이다.

남을 칭찬할 줄 아는 사람이야말로 진정 칭찬받을 만한 사람이다.

진리는 무거운 것이다. 그러므로 젊은 사람들만이 그것을 나를 수 있다.

평가

유대인이 인간을 평가하는 데에는 세 가지 기준이 있다

1. 키소(돈주머니) — 돈을 어떻게 쓰는가?
2. 코소(술잔) — 술을 어떻게 마시는가?
3. 카소(화를 내는 것) — 분노를 얼마만큼 참는가?

인간은 네 가지 유형으로 나뉜다

1. 내 것은 내 것이고 네 것은 네 것이라는 사람(일반적
   인 유형)
2. 내 것은 네 것이고 네 것은 내 것이라는 사람(특이한
   유형)
3. 내 것은 네 것이고 네 것은 네 것이라는 사람(정의파
   유형)
4. 내 것은 내 것이고 네 것도 내 것이라는 사람(악질적
   유형)

현인 앞에서 인간은 세 가지 유형으로 나뉜다

1. 스폰지형 ─ 아무것이나 마구 흡수하는 사람
2. 터널 형 ─ 한쪽 귀로 듣고 한쪽 귀로 흘리는 사람
3. 여과형 ─ 중요한 것과 그렇지 않은 것을 분별하여
   선택하는 사람

현인이 되는 일곱 가지 조건

1. 자기보다 현명한 사람 앞에서는 침묵을 지켜라
2. 남의 얘기를 중간에 가로막지 마라
3. 대답할 때 서두르지 마라
4. 항상 핵심을 찌르는 질문을 하고 조리 있는 대답을
   하라
5. 먼저 해야 할 일부터 손을 대고 뒤로 미룰 수 있는 것
   은 마지막에 가서 하라
6. 자기가 모르는 것은 솔직히 인정하라
7. 진실을 받아들여라

친구

인간에게는 세 친구가 있다. 자식 · 재산 · 선행이다.

아내를 고를 때에는 수준을 한 단계 내리고, 친구를 고를 때에는 수준을 한 단계 높여라.

친구가 화가 났을 때에는 달래려고 하지 말고, 슬퍼하고 있을 때에는 위로하려고 하지 마라.

우정

만약 친구가 야채를 가지고 있으면 고기를 선물하라.

친구가 꿀처럼 달다고 하더라도 전부 핥아먹지는 마라.

여자

어떤 남자도 여자의 요염한 매력 앞에서는 저항하지 못한다.

여자의 질투심에는 그 원인이 하나뿐이다.

여자는 자신의 외모를 가장 소중하게 생각한다.

여자는 불합리한 신앙에 빠지기 쉽다.

일시적인 동기에서 생겨난 애정은 그 동기가 사라지고 나면 죽어버린다.

사랑하고 있는 사람의 귀에는 남의 충고 따위는 들리지 않는다.

남자보다 여자가 정이 두텁다.

　　여자가 술을 한 잔 마시는 것은 대단히 좋은 일이다. 하지만 두 잔을 마시면 품위를 잃는다. 세 잔째는 몸가짐이 흐트러지고, 네 잔째는 자멸하게 된다.

　　하느님이 태초에 만든 남자는 양성을 겸하고 있었다. 그러므로 남자의 몸에도 여성 호르몬이 있고, 여자의 몸에도 남성 호르몬이 있다.

　　남자가 여자에게 끌리는 이유는 남자의 늑골로 여자를 만들었기 때문에 남자들이 잃어버린 자신의 일부를 찾으려고 하기 때문이다.

　　하느님이 최초의 여자를 남자의 머리로 만들지 않은 까닭은 여자가 남자를 지배해서는 안 되기 때문이고, 다리로 만들지 않은 이유는 남자의 노예가 되어서도 안 되기 때문이다. 늑골로 만든 것은 여자가 언제나 남자 가까이에 있을 수 있게 하기 위해서이다.

돈

사람의 마음에 상처를 입히는 세 가지가 있다.
근심·말다툼·빈 지갑. 그 중에서 빈 지갑이 가장 큰 상
처를 입힌다.

몸의 모든 부분은 마음에 의지하고 있고, 마음은 돈 지
갑에 의지하고 있다.

돈은 상거래에 사용되어야지, 술을 마시는 데 쓸 것은
못 된다.

돈은 나쁜 것도, 저주받은 것도 아니다. 돈은 사람을 축
복해 주는 물건이다.

돈은 하느님에게서 선물을 살 수 있는 기회를 준다.

돈을 빌려 준 사람에게 화내는 사람은 없다.

부는 요새이며, 빈곤은 폐허이다.

돈이나 물건을 거저 주는 것보다는 빌려 주는 것이 좋다. 거저 주게 되면 받은 자는 준 자의 아래에 있게 되지만, 빌려 주면 대등한 입장을 유지할 수 있게 된다.

중상 中傷

　　중상은 살인보다도 위험하다. 살인은 한 사람
만 죽이지만 중상은 반드시 세 사람을 죽인다. 중상하는
사람 자신, 그것을 막지 않고 듣고 있는 사람, 그 중상의
대상이 된 사람.

　　중상은 무기를 들고 사람을 해치는 것보다도 더 죄가
무겁다. 무기는 사정거리가 되어야 상대방을 해칠 수 있
지만, 중상은 멀리 떨어져 있는 사람도 해칠 수 있다.

　　타고 있는 장작에 물을 부으면 숯까지 차갑게 식지만,
중상으로 화를 입은 사람은 사과를 해도 마음속의 불을
끌 수 없다.

　　아무리 선하더라도 입이 험한 사람은 훌륭한 궁전 근처
에 있는 악취 나는 가죽 가게와 같다.

인간은 하나의 입과 두 개의 귀를 가지고 있다. 이것은 말하는 것보다 듣는 것을 두 배로 하라는 뜻이다.

손가락을 자유롭게 움직일 수 있는 것은 중상을 듣지 않기 위한 것이다. 중상이 들려오면 급히 귀를 막으라.

물고기는 언제나 입 때문에 낚여진다. 인간도 역시 입 때문에 걸려든다.

성 性

히브리어 야다yada는 '섹스'를 의미하며 '상대방을 안다.'는 뜻도 포함하고 있다. 예를 들면 성서에서 아담은 이브를 '알고서' 아들을 낳았다고 되어 있는데, '안다.'는 것은 '성 관계를 갖는다.'는 뜻도 겸하고 있다. '사랑한다는 것은 서로를 아는 것이다.'라고 흔히 말하는데, 사랑한다는 것은 동침의 뜻이라고 해석할 수 있다.

야다는 창조 행위이다. 이것 없이는 자기 완성을 이룰 수 없다.

섹스는 일생 동안 한 사람에 대해서만 행해져야 한다.

성은 자연의 일부이다. 그러므로 성행위를 하는데 있어서 부자연한 것이라고는 있을 수 없다.

섹스는 가장 친근한 행위이며, 따라서 아주 친밀한 분위기 속에서 행해져야 한다.

자기 자신을 컨트롤할 수 없는 상황에서 성행위를 해서는 안 된다.

아내의 동의 없이 아내와 성 관계를 요구해서는 안 된다. 섹스는 본질적으로 일방적인 것이 아니기 때문이다.

술

술이 머리에 들어가면 비밀이 새어 나온다.

악마가 너무 바빠 일일이 인간을 방문할 수 없을 때는 자기 대신 술을 보낸다.

포도주는 금방 빚은 것에서도 포도주의 맛이 난다. 그러나 오래될수록 맛이 좋아진다. 지혜도 마찬가지이다. 해를 거듭할수록 지혜는 빛을 발한다.

아침에 늦게 일어나고, 낮술을 마시고, 저녁에는 쓸데없는 이야기나 하는 사람은 일생을 망칠 수밖에 없다.

포도주는 금이나 은그릇에서는 잘 빚어지지 않으나, 지혜로 만든 그릇에서는 아주 잘 빚어진다.

교육

향수 가게에 들어갔다 나오면 아무것도 사지 않았더라도 몸에서 향수 냄새가 난다. 그러나 가죽 가게에 들어갔다 나오면 아무것도 사지 않았어도 나쁜 냄새가 몸에 밴다.

칼을 가지고 일어선 자는 책을 가지고 일어서지 못하고, 책을 가지고 일어선 자는 칼을 가지고 일어서지 못한다.

자기를 아는 것이 최고의 지식이다.

의사의 충고를 따르면 의사에게 돈을 지불할 필요가 없어진다.

잃어버린 값비싼 진주를 찾기 위해 값싼 양초가 사용되었다.

가난한 사람의 자녀는 칭송받아야 한다. 인류에 뛰어난 지혜를 가져다 준 것은 그들이었기 때문이다.

사람들은 감탄한 일을 좀처럼 잊지 못한다.

학교가 없는 마을은 사람 살 곳이 못 된다.

고양이에게는 겸허함을, 개미에게는 정직함을, 비둘기에게는 정절을, 수탉에게는 재산권을 배울 수 있다.

이름은 팔리면 곧 잊혀진다.

지식은 얕으면 곧 잃게 된다.

아이들을 가르친다는 것은 어떤 것일까? 그것은 백지에 글씨를 쓰는 것과 같다. 노인을 가르친다는 것은 어떤 것일까? 그것은 이미 많은 것이 씌어져 있는 종이의 여백을 찾아 글씨를 써 넣는 것과 같은 이치이다.

악

　　　악의 충동은 구리와 같은 것이어서 불 속에 있을 때는 어떤 모양으로도 만들 수 있다.

만약 인간에게 악의 충동이 없다면 집도 짓지 않고, 아내를 만나지도 않고, 자식을 낳지도 않을 것이다.

만약 당신이 악의 충동에 쫓기고 있다면, 그것을 물리치기 위해 무엇인가 배우기 시작하라.

다른 사람보다 뛰어난 사람은 악의 충동도 그만큼 강하다.

세상에는 올바른 일만 하는 사람이란 있을 수 없다. 반드시 옳지 않은 일도 하고 있다.

악의 충동은 처음에는 대단히 달콤하나 끝은 몹시 쓰다.

인간 속에 있는 악의 충동은 13살부터 점점 선의 충동보다도 강해진다.

죄는 태아 때부터 인간의 마음속에서 싹터 인간이 자람에 따라 강하게 된다.

죄를 미워하되 사람은 미워하지 마라.

죄는 처음에는 여자와 같이 약하나, 방치해 두면 남자와 같이 강하게 된다.

죄는 처음에는 거미줄처럼 가늘다. 그러나 나중에는 배를 매어 두는 밧줄과 같이 강하게 된다.

죄는 처음에는 손님이다. 그러나 그대로 두면 주객전도가 되고 만다.

재판관

재판관의 자격은 우선 겸허하고, 언제나 선행을 중히 여기고, 무엇인가 결정을 내릴 만한 용기가 있고, 이제까지의 경력이 깨끗해야 한다.

극형을 언도하려고 하는 재판관은 누가 자기의 등 뒤에서 칼을 들이대고 있는 것 같은 심경으로 임해야 한다.

재판관은 반드시 진실과 평화를 함께 추구해야 한다. 그러나 진실을 추구하면 평화가 깨지게 된다. 그리하여 진실도 버리지 않으면서 평화도 지키는 길을 발견해야 한다. 그것이 타협이다.

동물

고양이와 쥐는 먹이를 함께 먹고 있을 때는 싸우지 않는다.

여우의 머리가 되기보다는 사자의 꼬리가 되라.

한 마리의 개가 짖으면 모든 개가 덩달아 짖는다.

동물은 자기와 같은 종류의 동물하고만 어울려 생활한다. 이리와 양, 혹은 하이에나와 개가 서로 어울릴 수 있을까? 그리고 부자와 가난한 사람도 이와 마찬가지이다.

처세 處世

　　선행에 대해 문을 닫는 자는 그 후 의사에게 문을 열어 주게 된다.

　좋은 항아리가 있으면 그날 바로 사용하라. 내일 깨질지도 모른다.

　올바른 사람은 자신이 욕망을 조절하지만 그렇지 못한 사람은 욕망이 자신을 조절한다.

　남의 자선으로 살기보다는 차라리 가난하게 사는 편이 더 낫다.

　세상에는 정도가 넘치면 좋지 않은 것이 여덟 가지 있다. 여행·이성 친구·재산·일·술·잠·약·향료 등이다.

남들 앞에서 부끄러워하는 사람과 자기 자신 앞에서 부끄러워하는 사람 사이에는 큰 차이가 있다.

세상에는 지나치게 많이 사용하면 좋지 않은 것이 세 가지 있다. 빵의 이스트·소금·망설임이 그것이다.

명성을 위해 뛰는 자에게는 명성이 다가오지 않지만 명성을 피해 뛰는 자에게는 저절로 명성이 따라붙는다.

결혼의 목적은 기쁨, 조문의 목적은 침묵, 강의의 목적은 듣는 것, 사람을 방문할 때의 목적은 일찍 도착하는 것, 교육의 목적은 집중, 금식의 목적은 여유 있는 돈으로 자선을 베푸는 것이다.

사람에게는 여섯 개의 중요한 부분이 있다. 그 가운데 세 개는 자신이 조절할 수 없는 눈·귀·코이며 나머지 세 개는 자신의 의지대로 조절할 수 있는 입·손·다리이다.

과부의 소유물을 저당 잡아서는 안 된다.

물건을 가지고 나오지 않는 도둑은 스스로를 정직하다고 생각한다.

빈 항아리에 동전이 하나 들어가면 요란한 소리를 내나, 동전이 가득 들어 있으면 항아리는 소리를 내지 않는다.

당신의 혀에 '나는 잘 모르겠습니다.' 라는 말을 훈련시켜라.

장미꽃은 가시에 둘러싸여 자란다.

무료로 처방전을 써 주는 의사의 충고는 듣지 마라.

항아리를 보지 말고 그 속에 들어 있는 내용물을 보라. 나무는 열매로 평가되고, 사람은 일에 의해 평가된다.

이제 막 열리기 시작한 오이로는 맛을 속단할 수 없다.

행동은 말보다 더 소리가 크다.

훌륭한 인물이 손아랫사람의 말을 귀담아 듣고, 노인이 젊은 사람의 말에 귀를 기울이는 사회는 축복받을 것이다.

노화를 촉진하는 네 가지 원인은 공포 · 분노 · 자식 · 악처이다.

사람의 마음을 가라앉히는 세 가지로는 명곡 · 조용한 풍경 · 향기가 있다.

사람에게 자신감을 부여해 주는 세 가지는 좋은 가정 · 좋은 아내 · 좋은 옷이다.

아무리 부자라도 선행을 하지 않는 인간은 맛있는 요리에서 소금이 빠진 것과 같다.

자선

자선에 대한 사람들의 태도에는 네 가지 유형이 있다.

1. 자진해서 자선을 베풀지만 다른 사람이 똑같이 자선을 베푸는 것을 보면 즐거워하지 않는다.
2. 다른 사람이 자선을 베풀기를 바라면서도 정작 자기 자신은 베풀지 않는다.
3. 자기도 기쁘게 자선을 베풀고, 남도 자선을 베풀기를 바란다.
4. 자기가 자선을 베푸는 것도 싫어하고, 남이 자선을 베푸는 것도 좋아하지 않는다.

첫 번째 유형의 사람들은 질투심이 많고, 두 번째 유형은 자신을 비하시키고 있고, 세 번째 유형은 선한 사람들이며, 마지막은 매우 악한 사람이다.

하느님이 상을 내리는 세 경우는 다음과 같다.

1. 가난한 사람이 자신이 주운 물건을 주인에게 돌려 주는 일
2. 부자로서 자기 수입의 10퍼센트를 남몰래 가난한 사람에게 주는 사람
3. 도시에 살고 있는 독신자로서 죄를 범하지 않는 사람

일생에 단 한 번 진수성찬을 배불리 먹고 다른 날은 굶주리는 것보다는 일생 동안 양파만 먹는 편이 낫다.

자기 보존은 다음의 세 경우를 제외하고는 다른 모든 것보다도 우선한다. 다만 다음의 세 경우에는 자기의 목숨을 버리는 것이 더 낫다.

1. 남을 죽일 때
2. 불륜의 성 관계를 맺게 될 때
3. 근친상간을 하게 될 때

상인이 해서는 안 되는 일은 다음과 같다.

1. 과대 선전

2. 값을 올리기 위한 매점 매석
3. 저울을 속이는 것

맛있는 과일에는 그만큼 벌레도 많고,
재산이 많으면 근심도 많고,
여자가 많으면 잔소리도 많고,
하녀가 많으면 그만큼 풍기도 문란하고,
하인이 많으면 많은 물건을 잃게 되고,
스승에게 많이 배우면 인생은 더욱 풍부해지고,
명상을 오래하면 그만큼 지혜도 늘고,
사람을 만나 유익한 이야기를 들으면 좋은 길이 열리고,
자선을 많이 베풀면 그만큼 널리 평화가 이루어진다.

옷을 벗지 마라, 다른 사람이 모두 옷을 입고 있을 때에는.
옷을 입지 마라, 다른 사람이 모두 옷을 벗고 있을 때에는.
서 있지 마라, 다른 사람이 모두 앉아 있을 때에는.
앉아 있지 마라, 다른 사람이 모두 서 있을 때에는.
웃지 마라, 다른 사람이 모두 울고 있을 때에는.
울지 마라, 다른 사람이 모두 웃고 있을 때에는.

4장
탈무드의 머리

사람의 머리는 모든 행동의 총사령부이다.

탈무드 속의 일화와 격언을 읽는 것만으로는 아무런 의미가 없다.

머리를 사용해서 생각할 때 비로소 탈무드의 가르침이 살아나는 것이다.

나 역시 한마디 말을 가지고

몇 시간 동안 씨름하거나 온종일 연구를 하는 경우가 종종 있다.

이 장에서는 내 생각을 조금 피력해 보고자 한다.

현명한 독자들이 이 생각을 더욱더 발전시켜 주기를 바란다.

사랑

세상에는 강한 것이 열두 가지가 있다.

그 첫째로는 돌이 있다. 그러나 돌은 쇠에 의해서 잘려지고, 쇠는 불에 의해 녹아 버린다. 그러나 불은 물을 이기지 못하고 구름 속으로 흡수되어 버린다. 또한 구름은 바람에 의해 이리저리 이끌려 다닌다. 그러나 바람은 인간을 불어 날리지는 못한다. 하지만 인간은 공포에 의해 비참하게 위축된다. 공포는 술에 의해 사라진다. 술은 잠을 자면 깬다. 그러나 잠은 죽음만큼 강하지는 않다. 그러나 그 죽음조차도 사랑 앞에서는 무기력하다.

진리

히브리어 알파벳을 아이들에게 가르칠 때에는 하나하나의 알파벳에 의미를 부여하여 가르치고 있다. 히브리어로 '진리'라는 말은 히브리어 알파벳에서 첫 번째 문자와 마지막 문자의 한가운데 문자를 사용하고 있다. 그 이유는 진리란 유대인에게 있어서는 왼쪽 것도 올바르고, 오른쪽 것도 올바르고, 한가운데 것도 올바르다는 것을 아이들에게 가르치고 있는 것이다.

죽음

짐을 가득 실은 배 두 척이 항구에 정박해 있다. 한 척은 출항하려고 하고, 한 척은 이제 막 입항하려는 참이다. 사람들은 대개 배가 떠나갈 때에는 성대하게 환송을 하면서도 돌아온 배는 그다지 환영하지 않는다.

탈무드에 의하면 이것은 매우 어리석은 행동이다. 나가는 배의 미래는 불투명하다. 태풍을 만나 언제 난파될지도 모른다. 그런데 왜 성대하게 환송하는가? 오랜 항해를 마치고 배가 무사히 돌아왔을 때야말로 다함께 기뻐해야 할 때이다. 그것은 자신의 임무를 모두 마치고 오기 때문이다.

인생도 이와 같다. 아이가 태어났을 때에는 모두가 축복한다. 이것은 아이가 이제 막 인생이라고 하는 항해를 시작하려는 것이며, 그 미래에 무슨 일이 일어날지 아무도 모른다. 병으로 죽을지, 흉악한 범죄자가 될지도 모른다. 그러나 사람이 영원한 잠에 들어가려 할 때에는 그가

일생 동안 어떻게 살아왔는지 모두 알려져 있기 때문에,
이때야말로 모든 사람들의 축복을 받을 때이다.

맥주

탈무드에서는 하인이나 노예도 주인과 같은 음식을 먹어야 한다고 가르치고 있다. 주인이 방석에 앉으면 하인에게도 같은 방석을 내 주어야 한다. 이는 신분이 높다고 해서 높은 자리에 앉아서는 안 된다는 뜻이다.

내가 이스라엘에 갔을 때, 전방 부대장의 초대를 받아 함께 식사를 한 적이 있다. 손님이 온 것을 안 사병이 맥주를 가져왔다. 그러자 부대장이 사병을 향해 물었다.

"병사들에게도 나눠 주었나?"

그러자 사병이 머뭇거리며 대답했다.

"오늘은 맥주가 조금밖에 없어서 여기에만 가지고 왔습니다."

"그러면 나도 오늘은 마시지 않기로 하지."

이것이 유대인의 전통적 사고 방식이다.

죄

인간은 누구나 죄를 범한다. 따라서 유대교의
가르침에는 동양의 도덕에서와 같은 엄격하고 긴장된 분
위기는 없다. 유대인은 죄를 범해도 역시 유대인이다. 유
대의 죄에 대한 관념은, 예를 들면 화살을 과녁에 맞히는
능력이 있는데도 맞히지 못한 것과 같이, 본래는 범할 리
가 없는데 어쩌다 저질렀다고 생각하는 정도이다.

유대인이 죄에 대해 용서를 빌 때에는 '나'라고 하지 않
고 반드시 '우리'라고 한다. 자기 혼자서 범한 죄일지라도
반드시 여러 사람이 함께 범했다는 식으로 생각한다. 유대
인은 하나의 커다란 가족이라고 생각하기 때문에 자기가
죄를 범했어도 모두가 죄를 범한 것이 된다. 설령 자기는
물건을 훔치지 않았다 하더라도 누군가가 물건을 훔쳐간
것에 대해서 하느님께 용서를 빌어야 한다. 그것은 자기의
자선이 부족하여 누군가가 도둑질을 했기 때문이다.

손

인간은 태어날 때는 손을 꼭 쥐고 있다. 그런데 죽을 때는 펴고 죽는다. 왜 그럴까?

태어날 때에는 세상의 모든 것을 움켜쥐려고 하기 때문이며, 죽을 때에는 모든 것을 뒤에 남은 사람들에게 주고 빈손으로 간다는 것을 말하기 위함이다.

스승

유대인 가정에서는 반드시 아버지가 자녀들에게 탈무드를 가르친다. 아버지가 지나치게 엄하고 정이 없으면 아이들은 아버지를 두려워한 나머지 공부할 마음의 여유조차 잃어버리고 만다.

히브리어로 '아버지'는 '스승'이라는 의미가 있다. 가톨릭의 신부가 '아버지'라고 불리는 것도 히브리어의 용법을 따른 것이다.

유대에서는 자기 아버지보다도 스승을 더욱 소중히 여긴다. 만약 아버지와 스승이 동시에 감옥에 들어가 있고 한 사람만 나오게 해 준다면 자식은 스승을 나오게 한다. 그것은 유대에서는 지식을 전하는 스승이 누구보다도 중시되기 때문이다.

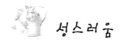 ## 성스러움

이것은 영어나 다른 언어에는 없는 것으로서, 인간에게는 동물에서부터 천사에 이르는 폭이 있어 천사에 가까워짐에 따라 성스러워진다는 관념이다.

"성스러움이란 어떤 것인가?"

랍비가 학생들에게 물었다.

대부분의 학생들은 그것은 하느님을 위하여 목숨을 바치는 것이라고 말했고, 어떤 학생은 늘 기도하는 것이라고 하는 등 여러 가지 대답이 나왔다. 그러자 랍비는 이렇게 말했다.

"답은 여러분이 무엇을 먹는가와 성행위를 어떻게 하는가에 있다."

학생들은 웅성거렸다.

"돼지고기를 먹지 않는다든가, 어떤 때에는 야다(섹스)를 하지 않는다든가 하는 것이 성스러움입니까?"

그 이유는 다음과 같다. 안식일을 지키는지 안 지키는

지는 다른 사람들이 알게 된다. 하느님을 위하여 목숨을 바치는 것도 남에게 알려진다.

그러나 여러분이 집에서 어떤 것을 먹는지는 아무도 알 수가 없다. 남의 집을 방문하거나 나들이하여 식사를 할 때는 유대의 모든 계율을 지켜 식사를 하겠지만 집에 돌아와서는 남들이 보지 않으므로 계율에 어긋나는 식사를 할지도 모르기 때문이다. 성행위 역시 남이 보지 않는 데서 행해지는 것이기 때문이다.

그러므로 집에서 식사할 때와 성행위를 하고 있을 때는 인간이 동물에서부터 천사에 이르는 사이의 어딘가에 있게 된다. 이때 자신을 높일 수 있는 사람이야말로 진실로 성스러운 사람이다.

학자

딸을 학자에게 시집 보내기 위해서는 모든 것을 팔아도 좋고, 또한 학자의 딸을 데려오기 위해서는 모든 재산을 잃어도 좋다.

증오

  유대인은 오랫동안 박해와 학살을 받아온 역사를 가지고 있음에도 불구하고 격렬한 증오나 분노에 대하여 쓴 문학이나 문헌은 하나도 없다. 그 이유는 유대인은 격한 증오심을 품지 않기 때문이다. 나치에 의하여 6백만 명이나 살해되었음에도 불구하고 반독일주의 혹은 독일을 저주하는 책은 한 권도 없다. 이스라엘인은 아랍인과 전쟁은 하지만 미워하지는 않는다. 그리스도교도에게서도 박해를 받지만, 역시 그들을 미워하지는 않는다. 따라서 샤일록이 증오에 불타 '당신이 돈을 갚을 수 없다면 1파운드의 살을, 특히 심장 부근의 살을 떼어 주시오.'라고 했다는 이야기(셰익스피어의《베니스의 상인》)는 완전히 가공적인 이야기이며, 현실의 유대인과는 거리가 멀다.

  베드로가 바울에 관해 이야기한 것은 바울에 대한 것보다도 베드로가 어떤 인물인가를 말해 주는 데 지나지 않는다. 이와 마찬가지로 셰익스피어는 그리스도교도이므로 그리스도교교도의 사고 방식을 나타내는 것일 뿐, 유대인과는 전혀 관계가 없다.

만약 유대인이 이와 같이 잔인하고, 욕심이 과하고, 부정직하고, 증오심이 많았다면, 왜 가톨릭 협회가 자금을 필요로 했을 때 그리스도교도에게 가지 않고 유대인에게 왔을까? 이유는 간단하다. 유대인은 동정심 넘치고, 가장 정직하고, 가장 신뢰할 수 있는 사람들이기 때문이다. 유대인은 언제나 따뜻한 마음을 가지고 있다고 알려져 있다. 유대인에게 슬픈 처지를 이야기하면 반드시 동정을 받게 된다.

유대인은 돈을 떼여도 절대로 그 사람을 처벌하려고 하지는 않는다. 유대인은 상대를 처벌하는 것보다는 돈을 찾는 데 관심이 있으므로 돈 대신에 자동차나 시계 따위의 물건을 받는 일은 있어도 팔이나 심장은 사용할 수가 없으므로 절대로 요구하지 않는다.

탈무드에 의하면 인간은 모두 한 가족이며 전체의 한 부분이기 때문에, 예를 들어 오른손을 사용해 어떤 일을 하다가 실수로 왼손을 베였다 하여, 왼손이 오른손을 자를 수는 없다고 씌어 있다.

탈무드 시대에는 유대인 사이에서 고리대금이 존재하지 않았다. 그때는 농경 사회였으며, 또 매우 가난한 사회였기 때문이다. 그러므로 셰익스피어의 작품을 읽을 때는 우선 그리스도교도가 유대인을 얼마나 미워하며 업신여겼는가를 간파해야 한다.

그리스도교도는 금전에 대해 멸시하는 생각을 가지고 있다. 특히 《신약 성서》에는 예루살렘의 환전상을 유대인이 그 거리에서 내쫓았다고 되어 있다. 그러나 그때의 환전상인 은행이 오늘날 세계 곳곳에서 외국 여행자들의 편리를 도모하고 있지 않은가.

유대인은 일 년에 세 번 정도 예루살렘을 방문하게 되므로 각자가 가지고 간 시리아 · 바빌로니아 · 그리스 등의 돈을 현지의 돈으로 환전해야만 했다. 그러므로 《신약 성서》에서는 돈이란 나쁜 것이라고 하고 있으나, 유대인은 한 번도 돈이 나쁜 것이라고 생각하지 않았다.

돈을 빌려 주는 사람은 돈을 빌려가는 사람에게 반드시 보증인이 있어야 한다. 그러나 탈무드에 의하면 돈을 빌려 주고 담보를 정할 경우, 그 물건이 두 개 이상 있는 것이 아니면 담보로 취할 수 없다고 되어 있다. 예를 들어

의복을 담보로 할 경우, 옷이 그것밖에 없다면 가져올 수가 없다. 그릇을 담보로 할 경우도 하나밖에 없으면 가져올 수 없다. 또 그것이 집일 경우 살고 있던 사람이 거리에서 지내게 될 경우에는 그 집을 담보로 할 수 없다.

하나뿐인 물건이라도 사치품인 경우는 예외다. 그러나 생계 유지를 위해 사용되고 있는 것은 절대로 금물이다. 예를 들어 생계 유지를 위해 당나귀 한 마리가 있을 때는 당나귀를 가져갈 수 없다. 다만 그가 사용하지 않는 밤에는 가져갈 수 있다. 의복을 가져간 경우, 이스라엘의 밤은 춥기 때문에 밤이 되면 되돌려 주어야 한다. 그러나 뺏긴 사람이 그것을 찾으러 가서는 안 되고, 반드시 채권자가 가져다 주어야 한다. 왜냐하면 그것은 인간의 존엄성을 해치는 것이기 때문이다.

숫자

　　　유대인에게 있어서 7이라는 숫자는 매우 각별
하다. 우선 1주일의 7일째는 안식일이 된다. 7년째는 밭
을 쉬게 한다. 7의 곱수인 49년째는 대단히 경사스러운
해이다. 밭을 쉬게 할 뿐 아니라 빌려 준 돈도 모두 탕감
해 준다.

　1년 중의 두 개의 큰 축제일, 즉 유월절(유대 민족이 이집
트에서 탈출한 기념일)과 추수절은 각각 7일 동안 계속된다.

　유대의 달력은 세계에서 가장 정확하다. 유대인들이 모
두 노예로 있다가 이집트에서 탈출한 날은 유대 역사에서
가장 중요한 날이기 때문에 그것을 첫째 달로 하여 그로
부터 7개월 이후를 새해로 한다.

　미국의 새해는 1월 1일이다. 그러나 미국에서도 가장
중요한 달은 미국이 독립한 7월이다. 예산년도, 학교년도
등은 모두 7월에 시작된다. 그것과 마찬가지로 유대인들
도 이집트를 탈출했던 달을 첫달로 친다. 유월절이 첫달,
그것에서부터 7개월째에 신년을 맞아 추수절을 지낸다.

먹을 수 없는 것

유대인이 먹는 고기는 피가 완전히 제거되어야 한다. 피는 생명이다. 피를 완전히 제거했기 때문에 유대인이 먹는 고기는 아주 유별나다.

동물을 때려서 죽이면 피가 엉겨붙으므로 이 방법은 절대 사용되지 않는다. 전기로 죽이는 방법도 피를 엉겨붙게 하므로 피한다.

유대인은 옛날부터 동물에게 고통을 주지 않고 피를 전부 제거하는 방법을 고안해 냈다. 우선 동물을 죽이고 나서 30분간 물에 담가 놓고 거기에 소금을 뿌려 그 소금으로 피를 흡수하게 만든다. 소금이 피를 흡수해 그 주위에 붉은 피의 테두리가 생기게 되면 흡수된 피와 소금은 물로 씻어 낸다. 간이나 심장처럼 피가 많이 있는 부분은 먼저 피를 모두 증발시키기 위해 불에 그을린다. 그러나 이러한 것은 피가 불결하다는 생각에서 나온 것은 아니다.

닭이나 소를 잡는 사람은 따로 있는데, 랍비와 같은 훈련을 받은 해부학의 권위자들이다. 신앙심도 아주 깊으며 사람들에게서 존경을 한몸에 받고 있다. 유대인은 이미 4천 년 전부터 해부학에 조예가 깊었다. 탈무드에 랍비가 인간을 해부했다는 이야기까지 나올 정도. 아마 그 당시 이미 해부학에 관한 지식은 거의 완벽했던 것 같다.

해부할 때는 아주 예리한 칼을 쓰는데 칼은 사용할 때마다 갈아서 쓴다. 우선 해부할 동물을 거꾸로 매단 뒤 목을 자르면 피가 콸콸 쏟아진다.

동물을 죽인 뒤에는 그 동물을 자세히 조사한다. 이는 다른 어느 나라의 식품 검사보다도 엄격하다. 유대의 기준은 대단히 엄격해서 일반적으로 먹어도 될 것 같은 것도 랍비가 못 먹게 하면 포기한다. 유대의 식육 검사는 수천 년 계속된 역사를 가지고 있기 때문인지도 모른다.

유대인들은 특별히 피를 기피하지는 않는다. 제단에 양을 바칠 때에는 피를 불결한 것으로 취급하지 않는다.

탈무드에는 사람들은 새우를 먹는데 유대인들은 먹지 않기 때문에 유대인이 더 건강하다는 식으로는 말하지 않는다. 또 유대인들이 새우를 먹지 않으므로 새우는 좋지 않은 것이라고 말하지도 않는다. 이것은 다른 이유가 있는 것이 아니라, 다만 하느님이 유대인에게 새우를 먹지 말라고 했기 때문이다.

네 발 달린 동물 중에서는 위가 두 개 이상 있거나 굽이 두 개로 나뉘어져 있는 것이 아니면 먹을 수 없다. 돼지는 위가 하나밖에 없고 말은 굽이 나뉘어져 있지 않으므로 먹을 수 없다. 물고기는 지느러미와 비늘이 없는 것은 먹을 수 없다. 그러므로 뱀장어는 먹어서는 안 된다. 또 고기를 먹는 독수리와 매 등의 새는 먹을 수 없다.

 ## 거짓말

어떤 경우에 거짓말이 허용되는가? 탈무드에서는 다음 두 경우의 거짓말은 해도 좋다고 허락하고 있다.

우선 어떤 사람이 이미 사 놓은 물건을 놓고 어떠냐고 의견을 물었을 때는 설령 그것이 나쁜 것일지라도 좋다고 거짓말을 할 수 있다.

또 친구가 결혼했을 때는 반드시 '부인이 아주 미인이십니다. 행복하게 사십시오.' 하고 거짓말을 할 수 있다.

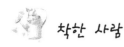 ## 착한 사람

　　세상에는 꼭 필요한 것이 네 개 있다. 그것은 금 · 은 · 철 · 구리이다. 그런데 이것들은 얼마든지 그 내용물을 만들어 쓸 수가 있다. 하지만 그 무엇으로도 대체할 수 없는 것은 착한 사람이다.

　탈무드에 의하면, 착한 사람은 큰 야자나무와 같이 무성하고, 큰 레바논삼나무와 같이 늠름하게 하늘 높이 솟아오르는 존재라고 한다. 야자나무는 한 번 잘라 버리면 다시 클 때까지 4년이나 걸리며, 레바논삼나무는 아주 먼 곳에서도 보일 정도로 키가 크다.

 주주 (동전)

탈무드 시대의 유대인 가정에서는 안식일 전날인 금요일 저녁에 어머니가 반드시 초에 불을 켠다. 아버지는 아이들의 머리에 손을 얹고 축복의 기도를 올린다. 그 촛불을 켤 때 유대 가정에는 어느 집이나 반드시 '유대 민족 기금'이라고 쓴 상자가 놓여 있다. 아이들에게는 어머니가 촛불을 켜는 것과 동시에 아이들은 미리 받은 동전을 자선을 위하여 상자에 넣는다. 어린 시절부터 자선을 가르치는 것이다.

금요일 오후에는 가난한 사람들이 구걸하러 부잣집을 돌아다닌다. 그러면 그 집의 부모는 가난한 사람에게 직접 상자 속의 돈을 주지 않고 반드시 아이들을 시켜서 건네 준다. 이것은 아이들에게 자선하는 마음을 심어 주기 위한 것이다. 지금도 유대인은 세계에서 자선을 위하여 돈을 가장 잘 쓰는 민족이다.

간음

탈무드 시대에는 아내가 남편 이외의 다른 남자와 성 관계를 가졌을 경우에 그것은 남편에 대한 죄이며, 남편은 자기 아내나 그녀와 관계를 가진 남자에게 어떠한 조치를 취해도 좋다고 되어 있었다. 남편 마음대로 벌을 주거나 용서할 수 있었다. 그러나 그것은 다른 민족의 습관이었을 뿐 유대인에게 있어서는 그것은 하느님에 대한 죄이므로, 남편은 죄를 용서해 줄 권리가 없었다. 그것은 유대의 우주를 다스리고 있는 율법에 대한 죄인 것이다. 즉 인간에 대한 죄가 아니라 하느님에 대한 죄라고 생각했다.

성性

성행위는 올바르고 깨끗하게 행해지면 즐거움이 된다. 성행위는 결코 추악한 것이 아니다.

'모든 교사는 결혼을 해야 하고, 모든 랍비도 결혼해야 한다.'라는 말이 탈무드에 있는데, 이것은 결혼하지 않은 사람은 인간이 아니라는 사상이 있었기 때문이다.

탈무드에서는 성을 생명의 강이라고 부르고 있다. 강은 이따금 홍수를 일으켜 여러 가지 것을 파괴하지만, 때로는 모든 것을 열매맺게 하며 유익한 역할을 하기도 한다.

탈무드는 남자에게는 '여자와 몸이 닿게 될 때 주의하라.'고 가르치고, 여자에게는 '옷차림에 주의하라.'고 가르치고 있다.

계율이 엄격한 유대 사회에서는 상인이 거스름돈을 건네 줄 때도 여자 손님에게 직접 주지 않고 반드시 다른 곳에 놓아 여자로 하여금 집어가게 한다.

또 계율을 중히 여기는 이스라엘 여자들은 짧은 치마를 절대로 입지 않는다. 언제나 긴 치마만 입는다.

랍비들은 일찍부터 남자가 절정에 이르는 것과 여자가 절정에 이르는 것 사이에는 시간적인 차이가 있음을 알고 있었다. 여자가 흥분하기 전에라도 남자는 절정에 달할 수가 있다.

아내의 동의 없이 아내와 관계하는 것은 강간과 마찬가지이므로 남편이 아내와 관계를 갖기 위해서는 몇 번이고 사전 작업을 할 필요가 있다. 부드러운 이야기를 해 주고, 부드럽게 만져 주는 시간을 충분히 갖지 않으면 안 된다.

아내가 생리중일 때에는 아내와 관계해서는 안 된다. 생리 후에도 7일 동안은 금지되어 있다. 부부라고 해도

12~13일 동안은 금욕 기간이었으므로, 그 사이에 남편이 아내를 그리는 마음이 깊어져 금지일이 끝나는 때에는 부부는 언제나 신혼과 같은 관계를 다시 즐길 수 있다.

결혼한 여자는 다른 남자와 절대로 잠자리를 같이할 수 없다. 그러나 남자는 괜찮다.

탈무드 시대에는 아내를 둘 이상 둘 수 있었음에도 불구하고 일부일처제가 이미 확립되어 있었기 때문에 아무도 두 아내를 갖고 있지 않았다. 아내 이외의 여자를 갖는 것은 성실성의 부족이라는 생각이 생긴 것이다.

그러나 탈무드 속에는 매춘부와 관계하는 이야기가 몇 번 나온다. 자위보다는 매춘부에게 가는 편이 낫다. 아내가 계속 관계를 거절할 경우 남자가 그러한 곳을 찾는 것도 불가피하다고 여겼다.

유대 사회의 경우 매춘부는 돈을 벌기 위하여 몸을 파는 불쌍한 여자라고 생각되고 있다. 유대 사회에서는 학문과 계율과 종교를 중요시 여기기 때문에 매춘부가 번성할 기회는 그만큼 없었다.

당시부터 이미 랍비는 피임법에 정통해 있었다. 누가 어떤 피임법을 사용하는 것이 좋은가 하는 것도 모두 랍비가 지도하고 있었다. 그러나 피임은 여자만이 하고 있었다.

탈무드에는 피임법을 써도 무방한 경우가 있다. 그것은 임신중인 여성, 아기를 기르고 있는 여성, 소녀 등이다.

피임을 하지 않아도 될 임신부에게 피임을 허락하고 있는 것은, 당시 랍비의 지식으로는 임신하고 있는 동안에도 또 임신이 될 수 있다고 생각했기 때문이다. 아기를 기르고 있는 어머니는 아기가 4살이 되기까지는 자라는 아기를 돌보는 것이 당연하다고 생각하여 4년 동안은 다음 아기를 낳지 말라고 장려했다. 소녀의 경우는 약혼을 했든 결혼을 했든 간에 아직 어리기 때문에 몸에 좋지 않을 것이라고 생각하고 있었다.

기근이 든 때라든가, 민족적인 위기에 처한 때라든가, 유행병이 퍼질 때에도 여자가 피임하는 것을 장려했다.

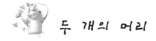 # 두 개의 머리

　　　　탈무드에는 올바른 사고 방법을 훈련시키기 위하여 비현실적이지만 원리적인 이야기가 많이 실려 있다. 그 한 예를 소개할 테니 다함께 생각해 보기로 하자.

　다음과 같은 가설적인 질문이 있다.

　'만약 두 개의 머리를 가진 아이가 태어난다면 이 아기를 두 사람으로 생각할 것인가, 한 사람으로 생각할 것인가?'

　이 질문은 얼핏 보아 어리석은 말 같지만, 그러나 인간은 머리가 둘이라도 몸이 하나면 한 사람이라든가, 하나의 머리는 한 사람으로 계산해야 한다든가 하는 원칙을 확립하기 위해서는 아주 유용한 가설이다.

　유대교에서는 아이가 태어나면 1개월째 되는 날 교회에 데리고 가서 축복을 받는다. 그런 경우 머리가 둘이면 두 번 축복을 받아야 하는가? 그래도 한 사람이므로 한 번만 받아야 하는가? 또 기도할 때는 작은 사발을 머리에 없는데 하나만 얹어야 옳은가, 두 개 얹어야 옳은가? 여러분이라면 이 문제에 대해 어떤 해석을 내리겠는가?

탈무드의 답은 명료하다. 한쪽 머리에 뜨거운 물을 부었을 때 다른 쪽 머리도 비명을 지르면 한 사람이고, 반대로 시원한 표정을 짓고 있으면 두 사람으로 본다.

나는 유대인이 어떤 민족인가에 관하여 이야기할 때 이 이야기를 자주 인용한다. 즉, 이스라엘에 있는 유대인이 박해를 받았다는 이야기를 듣고 자신이 그 고통을 느끼며 비명을 지르면 그 사람은 유대인이고, 무표정한 사람은 유대인이 아니다.

이와 같이 응용 범위가 넓은 이야기가 탈무드에 많이 있다. 왜 랍비들은 설교할 때 이런 식의 우화를 많이 인용할까? 설교는 잊어버리기 쉬우나 우화 형태로 전한 교훈은 오랫동안 기억에 남기 때문이다.

 **동성애**

랍비에게 있어서 동성애는 금기로 되어 있었고, 유대인들 사이에서는 동성애가 거의 없었다. 그것은 아주 엄격한 아버지와 부드러운 어머니가 유대인 남녀의 이상형이었기 때문이다.

물레방아

A와 B라는 두 사람이 있었다. A는 B에게 물레방아를 빌려 주었다. 그 임대료는 B가 무료로 A의 곡물을 전부 찧어 주는 것으로 하여 계약을 맺었다.

그동안에 A는 부자가 되어 다른 물레방앗간을 몇 개 샀다. 이제는 자기의 곡물을 찧기 위해 굳이 B의 힘을 빌릴 필요가 없었다. 그래서 B에게 가서 임대료를 돈으로 지불해 주었으면 좋겠다고 말했다. 그러나 B는 계속 A의 곡물을 빻아 주는 것으로 임대료를 지불하겠다고 했다.

이런 경우 어떻게 하면 좋을까? 탈무드의 판결은 다음과 같다. 만약 A의 곡물을 찧어 주지 않을 때 B가 돈을 마련할 수 없으면, 그때는 계약대로 A의 곡물을 찧어 주는 것으로 임대료를 지불할 수 있다. 그러나 A의 곡물을 찧어 주는 대신 제삼자의 곡식을 찧어 주고 돈을 받을 수 있다면, 그 경우에는 돈으로 임대료를 지불해야 한다.

사형

      사형을 언도할 경우, 판사가 전원일치로 판결한 경우는 무효이다. 재판은 언제나 두 가지의 의견이 있게 마련인데, 한 의견이 그 판결에 거론되지 않은 것은 불공평하다는 사상이 있었기 때문이다. 사형이라는 극형을 내리는 때만은 전원의 의견이 일치되어 있으면 공정성을 유지할 수 없다는 규정이 있었다.

 소유권

다음은 소유권에 관한 이야기이다. 가축을 가지고 있는 경우 낙인을 찍어 두는 것에 의해서 그 소유권을 증명할 수 있다. 의복에는 바느질로 이름을 새겨 표시를 해둘 수 있다. 자동차나 집과 같이 큰 물건은 해당 기관에 등기해 두면 된다.

그러나 물건에 따라서는 이름을 써 넣거나 등기하기가 어려운 것이 있다. 그런 경우에는 어떻게 해서 소유권을 증명해 두는 것이 좋을까?

먼저 여러 가지 사례를 검토하여 그것에 의해 원칙을 세우는 것이 탈무드의 방식이다. 왜냐하면 이러한 경우는 1원에서 수천억 원에 이르기까지 무궁무진하므로, 원칙을 세워 놓지 않으면 판단하기가 곤란하기 때문이다.

두 사람이 극장에 가서 서로 다른 문으로 들어가 마침 한가운데 자리 두 개가 비어 있는 것을 보고 앉으려 했다. 그런데 그 자리에 주인을 알 수 없는 물건이 놓여 있었다.

두 사람은 서로 그것이 자기 것이라고 주장했다. 이 경우, 어떻게 해결해야 할까?

이것에 대해서는 탈무드 속에도 의견이 분분하다. 첫째로, 그 물건을 둘로 나누어 가지면 좋지 않은가 하는 의견이 있으나, 이것을 원칙으로 삼을 수는 없다. 재판소에 가서 나누어 가지기로 한다면 주변에 앉아 있던 사람들도 손을 내밀지 모르며, 모든 사람들이 자기 것이라고 말할지도 모른다. 발견한 사람에게 권리가 있다는 것을 전제하면 발견하지 못하고 다만 나중에 한몫 끼려고 하는 자들에게도 권리를 인정하는 것이 되어 곤란하기 때문이다.

탈무드는 여기서 성서에 손을 얹고 선서하거나 양심에 비추어 보아도 자기 것이라고 주장한다면 나누어 주라고 말하고 있는데, 이 견해는 누군가로부터 선서도 아무 쓸모가 없는 것이 아니냐는 반박을 받을 수 있다. 즉, 자기의 것이라고 선서했는데도 반밖에 주지 않는 것은 선서를 모독하는 것이다.

만약 반만 자기 것이라고 하는 식으로 선서하는 것을 원칙으로 삼자고 한다면 A는 100퍼센트, B는 50퍼센트를 주장하여 재판소에 갈 경우 A는 50퍼센트, B는 50퍼센트의 50퍼센트, 즉 25퍼센트만 인정되는 결과가 된다.

그런데 주운 것이 동전이나 물건이 아니라 고양이였다면 어떻게 될까? 이것은 반으로 나눌 수가 없다. 이때에는 고양이를 팔아 돈을 나누어 갖던가, 한 사람이 고양이를 갖고 고양이 값의 반을 상대에게 주면 된다.

다만 고양이의 경우는 주인이 찾으러 올 것을 예상하고 일정 기간 기다려야 하나, 천 원짜리 지폐는 주인이 찾으러 오지 않을 것으로 간주하고 취급한다.

돈을 길에 떨어뜨리고 누가 주워간 다음에 와서 '내가 이곳을 지나다가 만 원을 떨어뜨렸다.'고 말해 보아도 그 사람이 실제로 떨어뜨렸는지 어쨌는지 증명할 방법이 없다. 돈에 자기의 이름을 써 놓는다 하더라도 주운 사람이 그것을 지워버리면 어쩔 도리가 없다. 그러나 아주 중요한 편지 등과 함께 있어서 그것이 자기의 것임이 증명될 때에는 예외이다.

극장에서 주운 돈의 경우는 결국 먼저 돈에 손을 댄 사람의 승리라고 말할 수 있다. 단순히 보았다고 하는 것은 증명할 수 없지만, 손을 댔다는 것은 입증하기 쉬우므로 그것은 하나의 원칙이 될 수 있다.

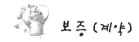

보증 (계약)

　　　　고용주와 종업원이 있었다. 종업원은 고용주
를 위하여 일을 해 주고 1주일마다 임금을 받기로 했다.
그런데 임금은 현금이 아니라 가까운 가게에서 그 액수의
물건을 사 가면 가게 주인이 고용주에게 그 돈을 현금으
로 받는다는 조건이었다.

　1주일이 지났다. 종업원이 화난 얼굴로 고용주에게 따
졌다.

　"가게에서는 현금을 갖고 오지 않으면 물건을 팔지 않
겠다고 합니다. 현금으로 주십시오."

　그러자마자 가게 주인이 달려와서 말했다.

　"당신 종업원이 이 액수 만큼의 물건을 가지고 갔습니
다. 대금을 지불해 주십시오."

　이런 경우 고용주는 어떻게 처신해야 할까?

　먼저 사실을 확인하기 위하여 충분히 조사해 보았으나
종업원도 가게 주인도 사실을 증명할 것이 아무것도 없었

다. 탈무드에서도 이것을 어떻게 해야 좋을지 알 수가 없었다. 두 사람에게 선서를 시켰음에도 불구하고 자기의 주장을 계속했기 때문에, 결국 고용주에게는 두 사람에게 모두 돈을 지불하라고 명령했다.

그 이유는 종업원은 가게의 청구와는 직접 관계가 없고, 또 가게도 종업원과는 직접 관계가 없다. 그러나 고용주는 양쪽에 모두 관계가 있고, 그러한 관계가 있는 이상, 양쪽에 모두 책임이 있으므로 양쪽 모두에게 지불하라고 한 것이다.

이것은 탈무드 가운데서 가장 오랫동안 논란이 되어 왔던 항목인데, 이 의견이 가장 올바르다. 어느 한쪽이 거짓말을 했을지도 모르지만 그들이 선서를 한 이상, 양쪽에 관계된 고용주로서는 어쩔 도리가 없다. 요컨대 이것은 함부로 보증을 서서는 안 된다는 교훈을 담고 있다.

광고

현대는 허위 광고가 금지되어 있다. 그렇지만 자동차, 맥주, 담배 광고 등 범람하는 광고를 보면 반드시 올바른 정보만을 전달하고 있다고 생각되지 않는다. 예를 들면 어떤 상품이 다른 상품보다 낫다고 광고하고, 그 다른 상품은 역시 또 다른 것보다 그것이 더 낫다고 광고하고 있다.

그리고 상품과 관계가 없는 포장이나 디자인이 많이 사용되고 있다. 더욱이 오늘날에는 그런 것이 관행이 되어 좋은 세일즈 방법이라고까지 일컬어지고 있다. 예를 들어 미국의 담배 광고를 보면 아름다운 여자가 차 안에서 담배를 멋지게 피우는 모습이 나온다. 물론 이것이 거짓말을 하는 것만은 아니지만, 실제로 끽연을 하는 사람들과 이 여성과는 아무런 관계가 없지 않은가?

탈무드에는 일찍이 이러한 세일즈 방법은 금지되어 있다. 그런 방법은 어떤 의미에서는 사람을 속이는 것이라고 말할 수 있다. 탈무드에서는 소를 팔 때 다른 색깔을 칠하지 못하도록 하고 있으며, 여러 종류의 도구에 색을 칠하여 새 것으로 보이게 하는 것도 금하고 있다. 즉, 속일 목적으로 그와 같이 색을 칠하는 것은 규제되어 있다.

특수한 예로 어떤 노예가 자기의 머리를 염색하고 얼굴을 화장하여 젊게 보이게 한 뒤 사는 사람을 속인 경우를 예로 들고 있다. 또 과일 장수가 오래된 과일 위에 신선한 과일을 살짝 얹어 놓고 파는 것도 안 된다고 한다.

또한 탈무드에는 건물의 안전 규정에 대하여 처마의 길이, 발코니 기둥의 굵기 등에 이르기까지 아주 상세하게 씌어 있다. 노동 시간도 마찬가지이다. 일반적인 관행 이상으로 노동 시간을 늘려서는 안 되며, 과일을 따는 고용인이 어느 정도 과일을 따 먹는 것은 금지할 수 없다고 되어 있다.

탈무드에는 상품을 팔 때 그 물건과 동떨어진 이름을 붙이지 못하도록 규정하고 있다. 오늘날 미국의 광고에서는 '킹 사이즈'라든가 '풀 야드'라는 식의 지나친 과장이 사용되고 있다. 풀 야드란 1야드에 지나지 않는 것이므로 탈무드에는 그러한 과장된 말은 금지되어 있었다.

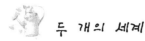

두 개의 세계

두 사람에게서 돈을 빌린 랍비가 말했다.

"나는 랍비이고 사람들은 나를 신뢰합니다. 나는 한 사람에게서는 1천 원을 빌렸고 또 한 사람에게는 2천 원을 빌렸습니다. 어느 날 두 사람이 와서 모두 2천 원씩 돌려 달라고 했습니다. 그런데 나는 누구에게 2천 원을 빌렸는지 도무지 기억이 나지 않습니다. 어떻게 하면 좋겠습니까?"

탈무드에는 이 경우 두 가지 의견이 적혀 있다. 다수 의견은 '1천 원씩 빌린 것은 틀림없다. 그 중 누구에게서 1천 원을 더 빌렸는데 그것이 누군지 알 수 없다. 그러므로 우선 1천 원씩만 돌려 주고 나머지 1천 원은 재판소에 맡겨 두었다가 나중에 증거가 나오면 돌려 준다.'는 것이다.

그러나 그 랍비는 이렇게 말했다.

"곰곰이 생각해 보니 그들 중 한 사람은 도둑입니다. 1천 원밖에 빌려 주지 않고서도 1천 원을 더 빼앗아 가려

하고 있습니다. 1천 원씩 나누어 준다면 도둑은 잃을 것이 하나도 없습니다. 이것은 사회 정의에 어긋나는 일입니다. 도둑이나 악인이 이득을 보고 처벌받지 않고 그대로 지내는 일이 없게 하는 것이 사회 정의입니다. 그러므로 두 사람에게 한 푼도 돌려 주지 않는 것이 좋을 것입니다. 재판소는 전액을 몰수해야 합니다."

그러나 두 사람 모두에게서 돈을 몰수하면 도둑은 원래의 1천 원마저도 잃어버릴 것을 염려하여 집에 가서 장부책을 가지고 와서 내가 1천 원을 빌려 준 것이 확실하다는 증거를 제시하면서 1천 원을 요구할 가능성이 있다.

앞의 극장의 예에서도 똑같은 원칙이 적용될 수 있다고 생각한다. 한 사람은 거짓말을 하고 있음에 틀림없다. 그럼에도 불구하고 반을 얻을 수 있다는 것은 사회 정의에 어긋나는 일이다. 따라서 재판소는 충분한 증거가 나올 때까지 그것을 압수하고 있어야 한다.

그러나 극장의 예에서는 실제로 두 사람이 동시에 발견할 수도 있으므로 선서가 가능하다. 그러나 1천 원과 2천 원의 예에서는 어느 한 사람이 거짓말을 하고 있는 것이 틀림없으므로 선서를 시킬 수 없다.

거짓 선서를 해서는 안 된다는 것은 하느님이 내리신 십계명 중 한 계명이며, 거짓 선서를 하는 경우에는 채찍으로 39번을 맞는다. 선서를 하고도 거짓말을 하는 것은 큰 수치가 된다.

그런데 탈무드에서는 두 사람이 모두 자기가 발견했으므로 모두 자기 것이라고 하는 주장을 선서한 후에도 굽히지 않으므로 어쩔 도리가 없다고 되어 있다.

탈무드가 비록 페이지 수가 많은 책이라 하더라도, 한정된 페이지 속에서 아주 긴 역사를 다루어야 하기 때문에 한 문제에 많은 페이지를 할애할 수가 없음에도 불구하고 이 논쟁에 대해서는 반복된 부분이 아주 많다. 이것은 탈무드에 있어서는 매우 진기한 예이다.

그러나 잘 생각해 보면 이것은 결코 양립할 수 없는 것을 반복하는 것이다. 그것은 두 개의 세계가 있다는 것을 가르치기 위한 의도라고 생각된다.

자백

  유대인의 법에는 자기에게 불리한 증언은 무효
이다. 따라서 자백은 인정되지 않는다. 오랜 경험을 통하
여 자백은 고문에 의한 경우가 많음을 알게 되었기 때문이
다. 이스라엘에서는 지금도 자백은 법적으로 무효이다.

5장

탈무드의 손

손은 두뇌의 판단에 의해 움직인다.

탈무드를 연구하고 탈무드적인 사고방식만을 취해 온 나의 손은

어느 사이엔가 탈무드의 사자使者가 되었다.

이 장에서는 생활에서 매일 부딪치는 어려움들을

내가 어떻게 해결해 왔는가 하는 실례를 소개하고자 한다.

지금까지의 일화와 격언에 대한 응용편으로 이해해 주기 바란다.

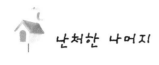

난처한 나머지

어느 날 두 남자가 숨을 헐떡이며 나에게 달려왔다. 그들은 친구 사이로, 한 사람이 돈이 급하게 필요하다고 하여 거액을 빌려 주었다고 한다. 그런데 돈을 갚을 때가 되자 빌려 준 사람은 5백만 원이라고 하고, 빌린 사람은 2백만 원이라고 주장한다는 것이다.

내가 할 일은 우선 누가 거짓말을 하고 있는지를 알아내는 것이었다. 그래서 우선 한 사람씩 따로 만나서 이야기를 듣고, 그 다음에는 두 사람을 함께 만나서 이야기해 보았다. 나는 그들에게 다음 날 아침 한 번 더 나에게 오라고 하고, 그때 판정을 내리겠다고 말해 주었다.

두 사람이 돌아간 후 나는 서재에서 여러 가지 참고할 만한 책을 찾아보았다. 5백만 원을 빌려 주었다고 하는 사람과 2백만 원밖에 빌리지 않았다고 주장하는 사람이 어떤 심리 상태에 있는가를 연구했다. 물론 증서가 있다면 문제는 없는데, 유대 사회에서는 친구에게 돈을 빌려 줄 때는 증서를 만들지 않는 것이 관례로 되어 있다.

내 머릿속은 너무 복잡했다. 2백만 원밖에 빌리지 않았다고 주장하는 사람은 전혀 아무것도 빌리지 않았다고 말해도 별반 다를 게 없지 않는가. 나에게 와서 5백만 원을 빌려 주지 않으면서도 5백만 원 빌려 주었다고 주장한다는 것도 이해가 안 갔다. 그런데 탈무드에 이런 가르침이 있다.

사람이 거짓말을 할 때는 아주 철저하게 한다. 반면에 자기에게 불리한 것을 조금이라도 말하는 사람의 말은 신뢰해도 된다. 왜냐하면 그에게는 아직 약간의 정직이 남아 있기 때문이다. 그리고 당사자 두 사람을 대질할 경우에는 여간해서 거짓말을 하기가 어렵다.

그래서 나는 처음부터 5백만 원을 기일 내에 반드시 돌려 주겠다고 생각하고 빌렸다 하더라도, 막상 기일이 되어 2백만 원밖에 없을 경우, 2백만 원밖에 빌리지 않았다고 주장하는 것은 있을 수 있는 일이라고 생각했다. 그러나 한편으로는 빌려 준 사람도 사실과 달리 5백만 원이라고 말하고 있는지도 모른다고 생각했다. 그래서 2백만 원밖에 빌리지 않았다고 주장하는 사람을 불러서, 정말로 당신은 2백만 원밖에 빌리지 않았느냐고 다짐을 해보았다. 그는 여전히 2백만 원밖에 빌리지 않았다고 말했다.

그래서 나는 이렇게 말했다.

"5백만 원을 당신에게 빌려 준 사람은 큰 부자여서 그 돈이 없어도 별로 어려움을 겪지 않을 사람이오. 그런데 만약 누군가 다른 사람이 이스라엘로 돌아오는데 경비가 필요하다든가, 아니면 다른 이유에서 갑자기 돈이 필요하여 빌리러 갔을 때 당신이 돈을 제대로 갚지 않는다면 그 제삼자는 절대로 돈을 빌릴 수가 없을 것이오. 유대의 돈은 언제나 돌고 도는 것이오. 그래도 당신은 2백만 원밖에 빌리지 않았다고 주장하겠소?"

나는 그를 교회로 데리고 가서 《구약 성서》에 손을 얹고 2백만 원밖에 빌리지 않았다고 맹세하라고 말했다. 그러자 그는 갑자기 태도를 바꾸어 '사실은 5백만 원을 빌렸다.'고 자백했다.

유대인이 아닌 사람들은 이해하기 어려울 것이다. 유대인에게 있어서 교회에서 《구약 성서》에 손을 얹는 것은 아주 중요한 일이다. 《구약 성서》에 손을 얹고 거짓말하는 사람은 전문적인 범죄자 이외에는 없다. 그 대신 성서는 소중한 것이기 때문에 아주 중대한 문제가 아니면 사용되지 않는다. 성서에 손을 얹으면 99.8퍼센트의 사람들은 절대로 거짓말을 하지 않는다. 그 정도로 맹세란 중대한 것이며, 경건한 것이다.

전 세계 대부분의 나라 법정에서 손을 들어 맹세하는 풍습은 이것에서부터 기원한 것이다.

형제 우애

형과 동생 사이에 틈이 생기기 시작했다. 돌아가신 어머니의 유언 때문이었다. 형과 동생, 두 사람의 유언에 대한 해석은 모두 일리가 있다.

두 사람은 어렸을 때부터 독일·러시아·만주·시베리아 등지를 함께 전전했기 때문에 아주 사이좋은 형제였는데, 이 유언 때문에 서로 헐뜯고 반목하여 형제는 원수가 될 지경에 이르렀다. 한 번은 그들이 따로따로 내게 와서 형은 동생을 잃게 되고, 동생은 형을 잃게 되었다고 한탄했다. 형과 동생은 모두 싸움을 후회하고 있었다.

나는 아메리칸 클럽의 한 모임에서 내가 강연을 하게 되었을 때 주최자에게 그 두 형제가 서로 눈치 채지 못하게 파티에 초청해 달라고 부탁했다. 평소 같으면 얼굴이 마주치자마자 돌아설 터인데, 이날은 차마 돌아가지 못하고 자리에 남아 있었다. 나는 인사를 한 뒤 다음과 같은 탈무드 이야기를 꺼냈다.

오랜 옛날, 이스라엘에 형제가 살고 있었다. 형은 결혼하여 처자식이 있었는데 동생은 아직 미혼이었다. 형제는 둘 다 농부였는데, 부친이 돌아가시자 유산을 나누었다.

수확한 사과와 옥수수는 똑같이 나누어 각자의 곳간에 넣었다. 밤이 되자 동생은, 형님은 아내와 자식들이 있으므로 더 많은 식량이 필요할 것이라고 생각하고 형님의 곳간에 자신의 사과와 옥수수를 옮겨다 놓았다. 그러나 형도 자기는 자식이 있으므로 노후 걱정을 하지 않아도 되지만, 동생은 독신이라 노후를 위하여 비축해 두어야 한다고 생각하여, 역시 옥수수와 사과를 동생의 곳간에 옮겨다 놓았다.

　아침에 형제가 눈을 뜨고 자기들의 곳간에 가 보니 처음과 똑같은 분량의 곡식이 있었다. 그리고 사흘 동안 같은 일이 되풀이되었다. 나흘째 되던 날 밤 형제는 서로 상대방의 곳간에 곡식을 옮기다가 마주치고 말았다. 거기서 둘은 곡식을 내던진 채 끌어안고 울며 서로의 사랑이 얼마나 깊은가를 알게 되었다.

　이 두 형제가 끌어안고 울던 곳이 예루살렘에서 가장 소중한 곳으로 오늘날에도 전해지고 있다.

　나는 가족들간의 사랑이 얼마나 소중한 것인가를 강조했다. 그 결과 두 형제의 오랜 반목도 눈처럼 녹아버렸다.

개와 우유

어떤 집에서 개를 기르고 있었다. 그 개는 가족들의 사랑을 한몸에 받고 있었다. 특히 아들 중의 하나가 그 개를 매우 귀여워하여 잠잘 때도 침대 아래에서 자게 하는 등 형제처럼 돌보아 주었다.

그런데 어느 날 그 개가 죽었다. 아버지는 어떤 개나 죽기 마련이므로 어쩔 수 없는 일이라고 말했다. 그러나 아들은 자기가 형제처럼 소중히 여겼던 충실한 친구를 잃게 된 것을 몹시 슬퍼하면서 그 개를 집 정원에 묻었으면 좋겠다고 말했다. 물론 개가 인간과 다른 것임을 모르는 바는 아니었으나 그 아들로서는 도저히 개를 다른 곳에 묻을 수가 없었다.

아버지는 정원에 개를 묻는 것을 반대하여 가족 사이에 대논쟁이 벌어졌다. 결국 아버지가 나에게 의견을 구하면서, 유대 전통에 개를 매장하는 무슨 의식이 없느냐고 물었다.

나는 그 이야기를 전화로 들었을 때 무척 당황했다. 이제까지 여러 가지 문제를 상담했지만 개에 관한 것은 처음이었다. 그러나 나는 개를 잃은 아들의 슬픔을 충분히 이해할 수 있었다. 일단 그의 집을 한 번 방문하겠다고 약속했다. 유대에서는 랍비가 전화로 상담을 하지 않는 것이 관습이며 본인을 마주 대하고 이야기하는 것이 관례이기 때문이었다.

나는 그 집을 방문하기 전에 먼저 탈무드를 펴 놓고 개에 관한 전례를 조사해 보았다. 마침 참고할 만한 이야기가 있었다.

고대 이스라엘 농촌에는 뱀이 많았다. 어느 한 농가에서 우유병 속으로 뱀이 들어갔다. 그런데 그 뱀은 독이 있는 뱀이었기 때문에 우유 속에 독이 녹아들어가기 시작했다. 그런데 그것을 본 것은 그 집 개뿐이었다.

식구들이 우유병에서 우유를 따르려고 하자 개가 달려들어 맹렬히 짖어댔다. 개가 왜 저렇게 요란하게 짖어대는지 아무도 그 이유를 알 수 없었다. 가족 중 한 사람이 우유를 마시려고 하자 개가 달려들어 우유를 넘어뜨리더

니 그것을 핥아먹기 시작했다. 그리고 개는 곧 죽어 버렸다. 그때서야 비로소 가족들은 우유 속에 독이 들어 있음을 깨달았다. 그리하여 당시의 랍비들은 이 개에게 경의를 표하고 칭송을 그치지 않았다.

나는 그 집에 가서 가족들에게 탈무드의 이야기를 들려주었다. 부친의 반대는 차츰 수그러들어 결국 그 개는 아들의 희망대로 정원에 묻히게 되었다.

당나귀와 다이아몬드

도쿄에 살고 있는 유대인 여자가 백화점에 물
건을 사러 갔다. 집에 돌아와 물건을 풀어보자 자기가 사
지 않은 물건이 함께 들어 있었다. 그것은 무척 비싼 보석
반지였다. 그녀는 양복과 오버코트를 샀을 뿐이었다.

그녀는 아들과 단둘이 어렵게 생활을 하고 있었다. 그
녀는 이 사실을 아들에게 이야기한 뒤 랍비에게 상의하러
왔다. 그래서 나는 탈무드에 있는 이야기를 들려 주었다.

한 랍비가 나무를 해서 생계를 꾸려 나가고 있었다. 그
는 매일 산에서 마을까지 나무를 운반하여 근근히 먹고
살았다. 그는 오고가는 시간을 단축하여 그 시간에 탈무
드를 공부해야겠다고 생각하고 당나귀를 한 마리 사기로
작정했다.

그는 마을에서 아랍인으로부터 당나귀를 샀다. 제자들
은 랍비가 당나귀를 샀으므로 산에서 마을까지 더 빨리

왕래할 것이라고 기뻐하면서 냇가에서 당나귀를 씻겨 주었다. 그런데 그때 당나귀의 귀에서 다이아몬드가 나왔다. 제자들은 이제 랍비가 나무꾼의 생활을 그만두고 더욱더 연구하여 제자들을 가르치는 데 더욱 많은 시간을 할애할 것이라고 기뻐했다.

그러나 랍비는 지금 곧 마을로 가서 당나귀를 판 사람에게 다이아몬드를 돌려 주라고 제자들에게 지시했다. 제자들은 항의했다.

"선생님께서 사신 당나귀에서 나온 것이 아닙니까?"

랍비가 대답했다.

"나는 당나귀를 샀지만 다이아몬드는 사지를 않았네. 나는 내가 산 것만을 갖는 것이 정당하다고 생각하네."

랍비는 기어이 당나귀를 판 사람에게 다이아몬드를 돌려 주었다. 아랍인은 오히려 랍비에게 되물었다.

"당신은 이 당나귀를 사갔고, 다이아몬드는 이 당나귀에게서 나왔는데 왜 제가 되돌려받아야 합니까?"

그러자 랍비는 이렇게 대답했다.

"유대의 전통에서는 자기가 산 것만을 갖게 되어 있습니다. 그러므로 이것은 당신 것입니다."

그 말을 들은 아랍인 상인은 감탄하여 말했다.

"당신들의 신은 훌륭한 신임에 틀림없습니다."

이 이야기를 다 들은 그녀는, 그러면 곧 가서 돌려 줘야 겠는데, 무어라고 하면서 돌려 줘야 되겠느냐고 물었다. 그래서 나는 이렇게 대답해 주었다.

"그 반지가 백화점 것인지, 백화점 판매원 것인지는 알 수 없지만, 아무튼 왜 돌려 주느냐고 묻거든 내가 유대인 이기 때문이라고만 대답하십시오. 그리고 꼭 아들을 데리 고 가십시오. 아들은 어머니가 정직한 사람이라는 것을 평생 가슴 속에 새겨둘 것입니다."

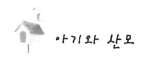

아기와 산모

한 유대인 부인이 난산으로 위독한 상태였다. 남편의 얘기를 듣고 나는 한밤중에 병원으로 달려갔다. 부인은 심한 출혈로 고통을 받고 있었다. 그 부부에게는 이번이 첫 아이였다. 의사는 산모의 생명이 위독하다고 말했다. 나는 태아의 상태는 어떠냐고 물어보았다. 의사는 둘 다 위험하다고 대답했다. 결국 아기를 구하는가, 산모를 구하는가를 결정해야만 했다. 평소 그들 부부는 아기를 몹시 갖고 싶어했다. 산모는 자기가 죽더라도 아기는 살려 달라고 말했다. 여러 가지로 상의한 끝에 나에게 결정이 일임되었다.

이럴 때 내가 내리는 결정은 나 개인의 결정이 아니라, 탈무드 또는 유대 전통이 내리는 결정이다. 나는 그들에게 반드시 내 결정에 따르겠느냐는 다짐을 받았다. 그러자 부부는 그것이 유대의 가르침이라면 받아들이겠다고 말했다.

그래서 나는 산모의 생명을 구하고, 태아를 희생시키기로 결정했다. 산모는 그것은 살인이라고 펄쩍 뛰었다. 그러나 유대의 전통에 의하면 아기는 태어나기 전에는 생명이 없는 것이라고 간주된다. 태아는 산모의 일부분에 지나지 않는다. 생명을 구하기 위해서는 몸의 일부를 잘라버려야만 할 경우도 있다. 유대 전통에서는 그런 경우 반드시 산모를 구하도록 되어 있다.

　마침 그곳에 가톨릭 신부도 있었는데, 그는 아기를 구하고 산모를 희생시켜야 한다고 말했다. 가톨릭에서는 잉태되었을 때 이미 생명이 생긴다고 생각하고 있다. 가톨릭의 사고 방식에 따르면 산모는 이미 세례를 받았으므로 구원을 받을 수 있지만, 아기는 아직 세례를 받지 않았기 때문에 구원을 받을 수 없으므로 유대의 결정은 올바르지 못한 것이라고 말했다.

　그들 부부는 나의 결정에 따랐고, 산모는 생명을 구했다. 그 후 그들에게서는 곧 귀여운 둘째아기가 태어났다.

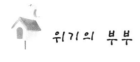

위기의 부부

결혼한 지 10년이 되는 부부가 있었다. 금실이 좋기로 소문나 있었고, 겉으로는 매우 행복하게 보이는 부부였다. 그런데 어느 날 남편이 나에게 이혼 허가를 받으러 왔다. 나는 그 부부와 가깝게 지내고 있었으므로, 설마 결혼 생활에 금이 갔으리라고는 생각하지 않았다.

그는 친척들로부터 부부 사이에 아이가 없으므로 이혼하라는 강요를 받았다고 말했다. 유대의 전통에 의하면, 결혼한 지 10년이 지나도록 아이를 갖지 못하면 이혼 사유가 될 수 있다.

그러나 그들 부부는 사실 헤어질 마음이 전혀 없다고 했다. 그렇지만 남편 가족들의 강한 압력 때문에 그는 이러지도 저러지도 못하고 나에게 상의하러 왔던 것이다.

나중에 두 사람이 함께 왔을 때 나는 이들 부부가 진심으로 서로 사랑하고 있는 것을 알았다.

일반적으로 랍비는 이혼에 반대하고 있다. 그것은 악처

를 한 번 맞아들였던 사람은 이혼하더라도 같은 어리석음을 또다시 되풀이할 뿐이어서 또 악처를 맞아들일 것이 뻔하기 때문이다.

그는 사랑하고 있는 아내와 헤어지면서 아내에게 상처를 주지 않기 위해 가능한 한 평온하게 헤어질 것을 원했다. 그래서 나는 탈무드의 교훈을 이용하기로 했다.

나는 그에게 아내를 위하여 성대한 파티를 열고, 그 자리에서 여러 해 동안 자기와 함께 살아온 아내가 얼마나 훌륭한가를 모든 사람이 알 수 있도록 해 주라고 충고했다. 그는 내 제안에 매우 기뻐했다. 그것은 자신이 아내가 싫어져서 이혼하는 것이 아님을 어떻게 해서라도 알리고 싶어했기 때문이다.

나는 거기서 그에게 올가미를 씌웠다. 그가 이혼할 아내에게 무엇인가 선물을 했으면 하길래 나는 무엇을 줄 생각이냐고 물어보았다. 그는 그녀가 오랫동안 가장 소중하게 여길 것을 주고 싶다고 대답했다. 나는 그에게 파티가 끝난 다음에 이렇게 말하라고 충고했다.

"내가 가지고 있는 모든 것 가운데서 당신이 가장 갖고 싶은 것 하나가 있으면 그것을 가지시오."

나는 그녀에게도 같은 충고를 해 주었다.

파티가 끝난 뒤 남편은 내가 충고한 대로 말했다.

"갖고 싶은 것이 있으면 아무것이나 하나 가지시오."

다음 날 아침 증인을 입회시키고, 이혼하는 남편에게 가장 갖고 싶어하는 것을 이야기하기로 했다.

그녀가 고른 것은 바로 남편이었다. 그리고 그들 두 사람은 이혼을 취소했다. 그 후 그들에게는 아이가 둘이나 생겼다.

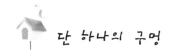

단 하나의 구멍

도쿄의 한 회사에서 있었던 일이다. 사원 한 사람이 자기가 부당한 대우를 받고 있다는 생각이 들어 사장에게 이것을 항의하기로 마음먹었다.

"저는 이제까지 제 명예를 희생시키면서까지 사장님을 위하여 열심히 일해 왔습니다. 그러나 이제 생각해 보니 그럴 이유가 조금도 없었습니다. 퇴직금이나 모두 받고 그만두고 싶습니다."

그러나 사장은 사장대로 역정을 냈다.

"내가 보기에 당신은 그다지 열심히 일하지 않았습니다. 나도 마침 당신을 해고하려던 참이오. 퇴직금은 동전 한푼 줄 수 없소."

어느 날 그는 금고에서 돈과 중요한 서류를 훔쳐서 달아나 버렸다. 외국으로 도망쳤는데 어디로 갔는지 알 수 없었다.

그런데 한 달 후, 외국의 어느 도시에서 그를 보았다는 사람들이 있었다. 사장은 나에게 와서 비행기표를 주면서 말했다.

"이것으로 그가 있는 곳에 가서 그에게 이야기 좀 해 주세요."

나는 비행기를 타고 그를 만나러 갔다.

도착한 지 이틀 후에야 나는 겨우 그를 만날 수 있었다. 그는 매우 놀라는 표정이었다. 그는 공금을 횡령했으며, 회사의 중요한 서류를 가지고 잠적했다. 나는 사흘 정도 그와 이야기를 나누었다.

나는 내가 왜 여기에 오게 되었는가를 설명하고 문제의 핵심이 무엇인가를 서로 생각해 보았다.

나는 세세한 문제에는 관심이 없었다. 그것은 법률적으로 처리할 문제였다. 나에게 있어서 중요한 문제는 두 사람의 유대인을 상대하고 있다는 것이었다. 유대인끼리 서로 싸우게 해서는 안 된다. 나는 탈무드를 인용했다.

"유대인은 모두 가족이며 형제입니다. 우리들은 이방인과 섞여 살므로 유대인끼리는 평화롭게 지내야 합니다."

그는 자신의 행동이 올바르다는 것을 변명했다.

"내가 한 행동은 나의 자유에 속하는 것입니다."

"어쩌면 당신이 옳을지도 모릅니다. 나는 이해가 잘 안 되지만 당신의 변명이 옳을 수도 있습니다. 그러나 자기 멋대로 행동하는 것은 허용되지 않습니다."

나는 이렇게 말한 뒤 탈무드에 나오는 이야기를 들려주었다.

항해하는 배에 많은 사람들이 타고 있었다. 한 남자가 자기가 앉아 있는 배 밑바닥에 구멍을 뚫기 시작했다. 사람들이 놀라서 항의하자 그는 태연히 말했다.

"이것은 내 자리이니 내가 무엇을 하든 그것은 나의 자유요."

그리고 잠시 후 그 배는 침몰하고 말았다.

한 유대인이 회사의 돈과 서류를 가지고 달아나 버렸다. 주위의 사람들은 무엇이라고 할까? 이것은 유대인 전체를 불명예스럽게 하는 것이 될 것이다.

그는 비로소 내 이야기를 납득하는 듯했다.

"당신이 결정해 주시는 대로 따르겠습니다."

그리고 그는 자기가 가진 돈과 서류를 나에게 맡겼다.

도쿄로 돌아와 사장과 만나 이야기를 나눈 뒤 최종적인 해결을 보았다. 물론 그의 이야기가 올바르다면 나에게 맡겨진 돈과 서류를 그에게 도로 주려고 생각하고 있었다. 여러 가지 이야기를 한 결과, 그가 애초에 바라는 만큼은 아니지만 그래도 어느 정도의 퇴직금도 받고 일은 순조롭게 매듭지어졌다.

위생 관념

탈무드의 가르침에 의하면, 유대인은 매우 엄격한 보건 위생 관념을 가지고 있다. 다음은 그 가르침 중의 일부이다.

1. 컵의 물을 마실 때는 사용하기 전에 씻고, 사용한 뒤에 다시 씻는다.
2. 자기가 사용한 컵을 씻지 않은 채로 남에게 건네 주지 마라.
3. 눈에 안약을 넣는 것보다는 아침 일찍 물로 씻는 것이 낫다.
4. 의사가 없는 곳에서는 살지 마라.
5. 화장실에 가고 싶을 때는 1초라도 참지 마라.

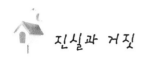

진실과 거짓

많은 사람들이 나에게 자신의 고민 상담을 의뢰한다. 사람들의 고민은 제각기 다른데 다만 하나 공통된 것이 있다면 마치 아쿠타가와芥川龍之介의 《나생문羅生門》에 나오는 바와 같이, 누가 거짓말을 하고 있는가, 그것을 어떻게 알아 낼 수 있을까 하는 문제들이다. 무엇이 진실이고 무엇이 거짓인가를 구별하는 것은 아주 어려운 일이다. 탈무드에는 이에 관해 두 가지 방법이 제시되어 있다.

솔로몬 왕은 후세에 매우 현명한 사람으로 알려져 있다. 하루는 두 여자가 한 아이를 데리고 와서 서로 자기 아이라고 주장하면서 솔로몬 왕에게 판결을 요청했다.

솔로몬 왕은 여러 가지 조사를 해보았으나 누구의 아이인지 알 수가 없었다. 유대에서는 어떤 물건이 누구의 것인지 알 수 없을 경우에는 공평하게 둘이 나누어 갖는 것이 관례로 되어 있었다. 그래서 솔로몬 왕은 아이를 둘로

잘라서 나누어 주라고 명령했다.

그러자 한 여자가 갑자기 죽을 듯한 표정을 지으면서 그렇다면 아이를 상대방 여자에게 주라고 울면서 소리를 질렀다. 그 광경을 보고 솔로몬 왕은 명판결을 내렸다.

"당신이야말로 이 아이의 어머니이오."

어떤 부부에게 두 아들이 있었다. 그 중 한 아이는 어머니가 다른 남자와 불륜의 관계를 맺어 태어난 아이였다. 어느 날 남편은 아내가 다른 사람에게 두 아들 중의 하나는 아버지가 다르다고 이야기하는 것을 들었다. 그러나 그는 누가 자기 아들인지 알 수가 없었다.

그 뒤 병이 들게 되자 그는 자기의 피를 이어받은 아들에게 전 재산을 물려 준다고 유언했다. 그가 죽자 유서는 랍비에게 보내졌다. 랍비는 죽은 남자의 피를 이어받은 아들이 누구인지를 가려 내야 할 입장이었다. 랍비는 두 아들을 데리고 부친의 묘로 가서, 있는 힘껏 몽둥이로 묘를 두들기라고 말했다. 그러자 한 아들이 울부짖었다.

"나는 아버지의 묘를 욕되게 할 수 없어요."

랍비는 비로소 진짜 아들을 찾을 수 있었다.

 귀한 약

        친구 중 한 명이 병에 걸려 새로 개발된 약을 복용하지 않으면 생명을 잃게 될 지경에까지 이르렀다. 그러나 그 약은 쉽게 구할 수 없는 약이었다. 수요는 많은데 생산은 턱없이 부족했기 때문이었다.

    그래서 그 친구의 가족들이 나에게 당신은 교수나 의사들을 많이 알고 있으니까 그 약을 구할 수 있지 않겠느냐면서 애타게 사정했다. 나는 한 의사에게 전화를 걸어 친구를 좀 도와 줄 수 없겠느냐고 물었다.

    의사는 내게 이렇게 말했다.

    "만약 그 약을 당신에게 주면, 누군가가 그 약을 손에 넣을 수 없게 됩니다. 그렇게 되면 그 사람은 죽을지도 모릅니다. 그래도 당신은 나에게 약을 부탁하겠습니까?"

    나는 마침 생각나는 것이 있어서 탈무드를 펼쳐 놓고 읽었다.

어떤 사람을 죽임으로써 자기의 생명을 구할 수 있을 때는 어떻게 해야 하는가? 그 사람을 죽이지 않으면 자기가 죽게 되는 경우에는 어떻게 해야 하는가?

자기의 생명을 구하기 위하여 남을 죽일 수는 없다. 자기의 피가 상대의 피보다 더 빨갛다고 어떻게 말할 수 있겠는가? 특정인의 피가 다른 사람의 피보다 더 붉을 수는 없는 것이다.

이것을 내 경우에 적용시켜 보면, 내 친구의 피가 그 약을 구할 수 없어 죽게 되는 다른 사람의 피보다 더 붉다고 말할 수 없는 것과 마찬가지이다.

그래서 나는 이 문제를 그 가족들에게 어떻게 설명해 줄까 고민했다. 내 교구에 있는 사람의 목숨이 위독하고, 가족들이 나에게 애타게 도움을 청하는데도 나는 친구의 죽음을 보고만 있었다. 나는 약을 구할 수가 없었다. 결국 그 친구는 죽었다.

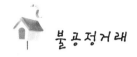

불공정거래

　　어떤 가게 주인이 내게 다른 상점이 부당하게 값을 내려 자기 집 단골들을 다 빼앗아 가고 있다고 호소했다. 탈무드는 부당 경쟁에 관하여 아주 많은 지면을 할애하고 있음에도 불구하고 나는 그런 내용이 있는지도 몰랐다. 아무튼 나는 일 주일의 시간을 달라고 하여 탈무드를 연구한 뒤 판단을 내리기로 했다. 탈무드는 다음과 같이 가르치고 있다.

　어떤 상품을 취급하고 있는 상점 근처에 똑같은 상점을 열어 똑같은 상품을 팔아서는 안 된다. 그러나 다음의 경우에는 여러 가지 의견이 있을 수 있다.

　두 군데의 상점이 있다. 그 중 한 곳에서 아이들에게 경품을 주었다. 옥수수로 만든 팝콘 같은 보잘것없는 것이었지만, 아이들은 그것 때문에 어머니를 졸라 판매가 오르는 경우이다. 또 값을 내려 경쟁하는 것은 손님에게 이익이 되므로 좋지 않은가 하는 랍비도 있었다. 또 어떤 랍비는 손님을 유혹하기 위하여 값을 내리거나 경품을 주는 것은 부당 경쟁이라고 말하고 있다. 그런데 대다수의 랍비들은 값을 얼마간 내리는 것은 부당 경쟁이 아니라고 한다. 사는 사람에게 이득이 되면 그것으로 좋지 않은가 하는 생각이다.

며칠 후 나는 그 가게 주인에게 이렇게 말해 주었다.
"물건을 훔치는 행위는 확실하게 금지되어 있으나, 어떠한 사정으로 값을 얼마간 내리는 것은 정당한 행위입니다."
자유 경쟁의 원리에 따라서 소비자가 이득을 보게 된다면 바람직한 일이 아니겠는가. 내 아내는 언제나 물가가 오른다고 한탄하고 있다.

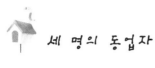

세 명의 동업자

두 사람의 동업자가 있었다. 처음엔 맨 주먹으로 출발했으나, 현재는 임대 빌딩을 소유할 정도로 사업을 완전히 정착시킨 사람들이다. 두 사람 모두 부지런히 일했기 때문에 차차 발전하여 크게 성공했던 것이다.

어느 날 그들은 자기들이 갑부가 되었다는 것을 새삼스럽게 깨달았다. 그러나 둘 사이에는 어떤 계약 문서도 없었으므로 둘이 모두 건강할 때는 상관이 없으나, 아들 대에 물려 주었을 때에도 문제가 없도록 계약을 맺어 두기로 했다. 그런데 일단 계약을 맺고 난 후부터는 사사건건 서로 부딪치게 되었다. 계약을 할 때에도 둘 사이에 충돌이 있었다. '당신은 생산 책임자이고 나는 영업 책임자다.'는 식으로 세세한 문제까지 규정하려고 했으므로, 서로 상대가 자기에게만 유리하게 하려고 한다고 생각했다.

사업을 시작한 후 성공하기까지는 둘 사이에 어떤 충돌도 없었는데 급기야 금이 생긴 것이다. 그들은 함께 나를 찾아왔다. 이것은 어느 쪽이 맞고 어느 한 쪽이 틀린 문제가 아니었으므로 나도 간단히 결론을 내릴 수 없었다.

"내가 없었다면 이 회사는 존재하지도 않았을 것이다."

"만약 내가 판매를 맡지 않았다면 이 회사는 없어졌을 것이다."

한 사람은 자신이 맡았던 생산을 강조하고, 다른 사람은 영업을 강조하며 계속 티격태격했다.

나는 자신은 없었지만 다음과 같이 대답했다.

"두 사람이 다투기 전에는 사업이 번성하고 있었습니다. 그런데 서로 반목하여 사업을 망치는 것은 어리석기 짝이 없는 일입니다. 이 상태로는 서로 예전과 같이 협조할 수 없을 것입니다. 무엇인가 해결책을 찾아야 합니다."

나는 탈무드 속에서 다음과 같은 이야기를 찾아 냈다.

아이가 태어날 때에는 그 부모와 하느님에 의해서 생명을 부여받는다. 성장함에 따라서 그 아이에게는 또 하나의 생명을 부여한 자가 생기게 된다. 그것은 스승이다.

"당신들 회사의 경영자는 누굽니까?"

두 사람에게 묻자 그들은 두 사람 모두라고 대답했다. 그래서 나는 이렇게 말했다.

"하느님도 동업자 중의 한 사람이라고 생각하면 어떻겠습니까? 누가 뭐래도 하느님은 전 우주와 더불어 계십니다. 자기가 잘했다고 주장하는 일은 없으나 우주의 모든 움직임은 하느님의 행위이시므로 하느님을 경영자로 참여시켜도 좋지 않겠습니까?"

그때까지 이 회사는 공동의 대표자만 있고 사장은 없었다. 그러나 둘은 서로 사장이 되고 싶어했다. 그래서 나는 이렇게 조언을 해 주었다.

"이 회사가 당신들의 회사인 것은 물론이지만, 동시에 하느님의 회사입니다. 당신들은 유대인을 위하는 동시에 나라를 위해 일하고 있습니다. 이 회사가 내 것이라는 생각은 접어두고, 하나의 의무를 수행하는 것이라고 생각한다면 누가 사장이 되느냐 하는 문제는 사소한 문제임을 깨닫게 될 것입니다. 영업 담당자는 영업을 하고, 생산 담당자는 공장에서 일하기만 하면 되는 것입니다."

그 이후 이 회사는 더욱 번창해 갔다. 자선을 위하여 일정한 비율의 돈을 적립하게 되었고, 그것이 하나의 목표가 되어 누가 사장이 되는가 하는 문제는 거론되지 않은 채 수익은 점점 늘어만 갔다.

 우는 까닭

　　도쿄에 살고 있는 유대인으로 자비심이 많고
평판이 매우 좋으며 예의바른 남자가 있었다. 그러나 그
는 유대인들 사회에는 전혀 참여하지 않고 있었다.

　어느 날 나는 호텔에서 그와 함께 식사를 하게 되었다.
유대인들은 사업가를 만나면 '요즈음은 사업이 어떠십니
까? 잘 되어 갑니까?' 하고 묻고, 랍비를 만나면 '재미있
는 책 좀 읽으셨습니까?' 라든가 '요즈음은 무슨 재미있는
생각을 하십니까?' 라는 식으로 묻는 습관이 있다. 학문을
직업으로 하고 있는 랍비는 언제나 글자 그대로 주머니
속에 여러 가지 이야기를 넣어 가지고 다니기 때문이다.

　그도 역시 요즈음 재미있는 책을 읽었느냐고 내게 물었
다. 그래서 나는 '얼마 전 탈무드를 공부하다가 죄에 관한
재미있는 것을 발견했습니다. 당신도 탈무드를 공부할 때
그 부분을 읽어보시겠습니까?' 하고 대답하고 다음과 같
은 이야기를 들려 주었다.

아주 뛰어난 랍비 한 사람이 있었다. 고매하고, 자애심이 깊어 모두 그를 숭배했다. 그는 꽤 세심한 성격을 가진 동시에 하느님을 아주 깊이 경외하고 있었다. 개미 한 마리 밟아 죽이지 않을 만큼 하느님이 만든 물건에 세심한 배려를 하면서 신중하게 생활하고 있었다. 물론 제자들에게도 존경을 한몸에 받고 있었다.

여든 살을 넘긴 어느 날 그의 육체는 갑자기 노쇠의 징조를 나타냈다. 그도 스스로 그것을 느끼고 죽을 때가 가까워 온 것을 깨달았다. 수제자가 머리맡에 왔을 때 그는 울기 시작했다. 의아하게 생각된 제자가 물었다.

"선생님 왜 우십니까? 선생님께서는 하루라도 공부를 잊은 날이 없었습니다. 또 하루라도 가르침을 행하지 않은 날이 없었습니다. 자선을 베풀지 않았던 날이 하루라도 있었습니까? 선생님께서는 이 나라에서 가장 존경을 받는 분이십니다. 하느님을 누구보다도 경외하는 분도 선생님이십니다. 더욱이 선생님께서는 정치와 같은 더러운 세계에는 한 번도 손을 대지 않으셨습니다. 선생님께는 울 만한 이유가 전혀 없는 것 같습니다."

그러자 랍비가 대답했다.

"그래서 내가 울고 있는 거라네. 죽는 순간에 누가 나에게 '그대는 공부했는가, 그대는 하느님께 기도했는가, 그대는 자선을 베풀었는가, 그대는 올바른 행동을 했는가?' 하고 묻는다면 나는 모두 '그렇다.'고 자신 있게 대답할 수 있다네. 그러나 '그대는 사회 생활에 충실히 참여했는가?'라고 묻는다면 '아니오.'라고밖에 대답할 수 없다네. 그 때문에 나는 울고 있는 걸세."

나는 자기 자신의 일에는 성공했지만 유대인 사회에는 얼굴도 내놓지 않는 유대인에게 탈무드의 이야기를 들려주고 유대인 사회에 참여하는 것이 어떻겠느냐고 조언을 했다.

개 떼

JCC(Judae Community Center : 유대인 공동체 본부)
는 유대인 사회에서는 아주 진기한 사회이다. 그것은 단
일 유대 인종의 사회가 아니다. 러시아 · 프랑스 · 영국 ·
이스라엘 · 미국계 등등 여러 계통의 유대인이 모두 조금
씩 모여 작은 그룹을 형성한 사회이다. 따라서 계율을 엄
격하게 지키는 사람과 지키는 않는 사람, 자비심이 많은
사람과 냉정한 사람 등 가지각색의 사람들이 제각기 자기
출신지의 국민성을 나타내면서 일관성 없는 공동체를 이
루고 있다.

이러한 사회에는 아무래도 일종의 긴장 상태가 존재한
다. 내가 일본에 왔을 때 이 사회는 서로 반목하는 두 그
룹으로 분열되어 있었다. 나는 두 그룹 사람들에게 다음
과 같은 탈무드의 이야기를 들려 주었다.

하나의 갈대는 쉽사리 꺾이지만 한 움큼의 갈대는 좀처

럼 꺾이지 않는다. 개 떼는 개끼리 있으면 서로 싸우지만 이리가 나타나면 싸움을 그친다.

오늘날에도 유대인은 안전이 보장되어 있지 못하고 프랑스인·러시아인·반유대주의자 등에 둘러싸여 있으므로 서로 싸워서는 안 된다고 말했다. 이 기본적인 처지에 대한 인식 아래 요즈음은 큰 말썽 없이 서로 화목하게 지내고 있다.

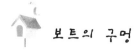

보트의 구멍

어느 회사이든 때로 종업원을 해고시켜야 할 경우가 있다. 그러나 그것은 매우 난처한 일이며, 때때로 사회 문제로까지 발전하는 경우도 있다.

한 유대인 회사에서 많은 유대인을 고용하고 있었다. 이런 경우 유대인을 해고하는 것은 매우 어렵다. 아내나 자식 등 부양가족이 있다는 점은 다른 나라 사람의 경우와 마찬가지이지만, 특히 유대인의 경우에는 다른 직업을 구하기가 어렵다는 점이 있기 때문이다. 외국인으로서 다른 나라에서 사는 것은 위험 부담이 이만저만이 아니다. 외국 회사가 유대인을 모집하는 경우는 적고, 외국으로 가거나 본국으로 돌아가려 해도 역시 많은 비용이 들기 때문이다. 그러므로 어떤 이유에서건 유대인 회사가 유대인 종업원을 해고하기는 극히 어렵다.

그래서 나는 언제나 문제가 발생하면 종업원이 해고되지 않도록 중재하고 있다. 만약 그가 해고되어 직장을 잃게 되면, 자기의 가족들에게서 존경받지 못하고 비참해질 뿐만 아니라, 유대 사회가 그들을 부양하게 되어 사회 전체의 부담이 되기 때문이다. 더욱이 유대인들은 동정심이 많기 때문에 실제로 남을 해고하는 일은 극히 드물다.

그런데 그 드문 일이 일어난 적이 있었다. 한 고용주가 나와 상의하기 위해 왔다. 그는 나에게 말했다.

"나는 종업원 한 사람을 해고해야 할 입장에 있습니다. 그는 내가 지금 해고하지 않더라도 결국 해고되고 말 것입니다. 그는 아무것도 할 수 없는 바보라서, 다른 곳에 가더라도 마찬가지일 것입니다. 그러나 그렇다고 해도 나는 그를 해고하고 싶지 않습니다. 그를 해고하지 않아도 괜찮다고 나 자신을 설득할 어떤 핑계가 없을까 하여 랍비께 조언을 구하러 왔습니다."

그래서 나는 탈무드에 나오는 이야기를 해 주었다.

어떤 사람에게 보트 한 척이 있었다. 그는 종종 가족들을 태우고 호수에서 낚시를 즐겼다.

여름이 지나자 배를 보관해 두려고 육지로 끌어올리고 보니 배 밑에 작은 구멍이 뚫려 있었다. 그러나 그것은 아주 작은 구멍이었으므로 내년 여름에 다시 사용할 때 고치겠다고 생각하고 그대로 두었다. 그리고 겨울이 되어 보트에 새 페인트칠을 했다.

다음 해 봄이 되었다. 그의 두 아들은 일찍부터 호수에 보트를 띄우고 놀고 싶어했다. 그는 배에 구멍이 뚫려 있는 것을 까맣게 잊고 아들에게 배를 타도록 허락했다.

2시간쯤 뒤에 그는 배에 구멍이 뚫려 있었던 생각이 퍼뜩 떠올랐다. 아이들은 수영이 서툴렀다. 그가 사람들에게 도움을 청하려고 뛰어나가는 참인데 두 아들이 배를 끌고 돌아오고 있었다. 그는 두 아들을 와락 끌어안았다. 그리고 배를 조사해 보았다. 누군가가 배의 구멍을 때워 놓았던 것이다.

그는 페인트공이 그 구멍을 수리해 놓았다고 생각하고 선물을 가지고 페인트공에게 답례하러 갔다. 그러자 페인트공이 물었다.

"배에 페인트칠을 할 때 이미 돈을 다 받았는데 어째서 이런 선물을 또 주십니까?"

그래서 그가 대답했다.

"배에 작은 구멍이 뚫려 있는 것을 당신이 고쳐 주셨습니다. 나는 물론 금년에 배를 다시 사용할 때 그것을 고치려고 마음먹고 있었지만, 그만 깜박 잊고 있었습니다. 당신은 내가 구멍을 고쳐 달라고 부탁하지도 않았는데 꼼꼼하게 수선해 주셨더군요. 당신이 몇 분 걸려서 수선해 놓은 덕택으로 내 자식들의 목숨을 건지게 되었습니다."

아무리 작은 선행이라도 나중에 매우 큰 역할을 할지도 모른다는 것을 상상해 보는 것은 인간으로서는 여간 어려운 일이 아니다. 나는 그 고용주에게 이런 이야기를 한 뒤에 그에게 한 번만 더 기회를 주라고 부탁했다.

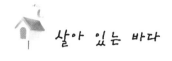

살아 있는 바다

유대인은 세계에서 가장 자선을 중히 여기는 민족일 것이다. 그럼에도 불구하고 오늘날의 유대인 중에서는 자선을 하라는 권고를 받지 않으면 자선을 하지 않는 사람들이 있다. 그런 경우, 나는 다음과 같은 이야기를 한다.

이스라엘에는 요단 강 부근에 큰 호수가 두 개 있다. 하나는 사해死海이고 또 하나는 히브리어로 '살아 있는 바다'라고 불리우는 호수이다. 사해는 사방에서 물이 들어오기만 하고 나가지 않는다. 그러나 '살아 있는 바다'는 한쪽으로 새로운 물이 들어오고 또 한쪽으로는 물이 흘러나간다.

자선을 베풀지 않는 사람은 사해와 같아서 돈이 들어가기만 하고 나오지 않는다. 자선을 베푸는 것은 살아 있는 바다와 같아서 물이 흘러들어가고 또 흘러나온다. 그러므로 우리들은 살아 있는 바다가 되어야 한다.

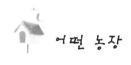# 어떤 농장

자선을 위해 어딘가에 돈을 바치면 사람들은 일 반적으로 돈을 잃어버렸다고 생각하게 된다. 그러나 그렇 지 않다. 실제로는 남에게 돈을 주면 그만큼 들어오게 된 다. 나는 탈무드의 이야기로 그 사실을 설명하고자 한다.

큰 농장이 있었다. 그 주인은 예루살렘 근처에서 가장 자선을 많이 베푸는 농부라고 알려져 있었다. 랍비들이 해마다 그의 집을 방문했고, 그는 조금도 아까워하지 않 고 자선을 베풀었다.

그는 큰 농장을 경영하고 있었는데, 어느 해에 태풍 때 문에 과수원이 모두 망가지고 유행병으로 그가 기르던 가 축들이 모두 죽어 버렸다. 이것을 본 채권자들은 그의 집 에 와서 재산을 모두 압수하고 손바닥만한 땅만을 남겨 놓았다. 그러나 그는 '하느님이 주시고, 하느님이 또 모두 가져가시니 어찌할 수 없는 일이다.' 라고 말하면서 태연히 현실을 받아들였다.

그 해에도 랍비들이 방문했다. 랍비들은 몰락한 그의 처지를 진심으로 동정했다. 농장 주인의 아내가 남편에게 말했다.

"우리들은 해마다 랍비님들이 학교를 세우도록 도왔고 교회를 유지하도록 했으며, 가난한 사람과 나이 든 사람들을 위하여 많은 헌금을 해왔는데 올해라고 아무것도 바치지 않는다면 송구스럽지 않겠습니까?"

부부는 차마 랍비들을 빈손으로 돌려 보낼 수는 없다고 생각했다. 그래서 유일한 재산인 토지의 반을 팔아서 그것을 랍비들에게 헌금하고, 그 대신 나머지 반쪽의 토지에서 더 열심히 일하여 보충하려고 생각했다. 랍비들은 생각하지 않았던 헌금을 받고 몹시 놀라면서도 기뻐했다.

그들은 남은 반쪽 땅이나마 열심히 갈고 일구었다. 그러던 어느 날 밭갈이를 하던 소가 쓰러지고 말았다. 진흙에 빠진 소를 힘겹게 끌어 내자 소의 발 밑에서 보물이 나왔다. 그 보물을 팔아서 그들은 다시 토지를 샀다. 그리고 옛날과 같은 농장을 경영하게 되었다.

다음 해에 랍비들이 다시 방문했다. 랍비들은 농부가 아직 가난한 생활을 하고 있으리라 생각하고 지난 해의 좁은 땅이 있던 곳으로 그들 부부를 찾아갔다. 그런데 그들은 그곳에 없었다.

"그는 이제 여기서 살지 않습니다. 저쪽의 큰 집으로 가 보십시오."

이웃 사람들이 랍비들에게 일러 주었다. 랍비들은 큰 집으로 가서 농부를 만났다. 그는 작년에 일어났던 일을 설명하면서 아낌없이 자선을 행하면 반드시 복이 되어 되돌아온다고 말했다.

나는 헌금을 거둘 때마다 이 이야기를 여러 번 되풀이했다. 그리고 언제나 성공을 거두었다.

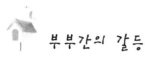

부부간의 갈등

　　주일駐日 미군에는 군목軍牧으로서 랍비가 있다. 그들은 대개 학교를 갓 졸업한 젊은 사람들로서 그들에게는 내가 원로와 같은 존재로 여겨지는 듯했다. 그들은 문제가 있을 때 나를 찾아오거나 전화로 상의를 해오곤 한다.

　한 번은 젊은 랍비가 나를 만나러 왔을 때, 마침 어떤 부부가 문제를 상담하러 왔다. 그래서 그 부부에게 랍비 두 사람이 함께 얘기를 들어도 좋으냐고 물어 승낙을 얻었다. 부부 문제를 상담할 때는 부부를 동석시킨 채 이야기를 시키면 서로 싸우게 되므로 따로 만나야 한다.

　한 사람씩 불러 이야기를 들어보니 실은 둘 다 상대방을 아끼며, 사랑하고 있음을 알 수 있었다. 부부 문제는 인내심과 동정심을 가지고 대하면 대부분 해결된다.

　이때도 나는 우선 남편에게 이야기를 시켜 그의 말에 수긍을 하면서 그의 이야기가 타당성이 있다고 말해 주었다. 다음에는 부인의 이야기를 끝까지 들으면서 그녀의 말도 아주 합당하다고 말해 주었다.

두 사람이 나간 뒤 나는 젊은 랍비에게 물었다.

"당신이라면 어떤 식으로 해결을 하겠습니까?"

그러자 그 랍비는 엉뚱한 말을 했다.

"저는 전혀 이해할 수가 없습니다. 선생님은 남편의 이 야기도 옳다고 하고 부인의 이야기도 옳다고 하셨습니다. 두 사람은 각기 전혀 다른 이야기를 했는데 어찌하여 둘 이 모두 옳다는 겁니까?"

그래서 나는 그의 이야기도 옳다고 말했다. 독자 여러 분은 이 해결 방식을 보고 어떻게 생각하는가? 내가 우유 부단한 사람으로 여겨지지는 않는가?

나는 이렇게 생각한다. 여러 부류의 사람들이 여러 가 지 관계 속에 있는 경우에 당신은 옳다, 당신은 그르다는 식으로 판결하기가 무척 힘들게 된다. 그리고 섣부른 판 결은 오히려 문제를 더 복잡하게 할 뿐이다. 이때 중요한 것은 양자의 열전 상태를 냉각시키는 일이다. 그러기 위 해서는 양자의 논리를 모두 인정해 주고, 그에 따라 양자 가 냉정을 되찾기를 기다린 후에 서로 화해시켜야 한다. 그러므로 이러한 갈등에는 어떤 이유를 붙이든 양자의 이 야기를 인정하는 것이 필요하다.

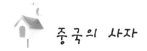

중국의 사자

　　나는 언젠가 중국에서 일본으로 건너온 유대인
과 이야기를 나눈 적이 있었다. 이런 유대인들 중에는 중
국은 좋아하는데 일본을 싫어하든가, 일본은 좋아하는데
중국을 싫어하든가, 두 나라 모두 싫어하든가, 두 나라 모
두 좋아하는 등 여러 유형이 있기 마련이다. 이 유대인은
제2차 세계대전 중 일본이 상하이를 점령했을 때 유대인
을 학대했다는 점 때문에 일본에 반감을 가지고 있었다.

　일본이 상하이를 점령했을 때, 유대인은 특별거주 구역
에 강제 수용되어 있었는데 일본 경비병이 그곳을 경비했
다. 유대인은 폭행을 당하기도 하고, 전염병이 발생하여
여러 명이 죽거나, 식량 사정이 악화되는 등 전시戰時에
대한 고통스러운 기억을 가지고 있는 유대인이 많다.

　"유럽에서는 6백만 명이 학살되었습니다. 유대인에게
있어서 전쟁중에 유럽에 있었던 것만큼 불행한 일은 없을
것입니다. 현재 당신은 도쿄에 있고 나에게 상하이의 쓰
라린 나날들에 관한 이야기를 하고 있습니다. 이것이 바

로 당신이 살아 있다는 증거가 아닙니까? 탈무드에 이런 이야기가 있습니다.”

나는 그에게 이렇게 말한 뒤 목에 가시가 걸린 사자의 이야기를 해 주었다.

사자의 목에 가시가 걸렸다. 사자는 누구든지 가기를 빼 주는 자에게는 큰상을 주겠다고 말했다. 그때 학이 한 마리 날아와서 도와 주겠다고 했다. 사자는 입을 크게 벌렸다. 학은 머리를 사자의 입 속에 집어넣고 긴 부리를 이용하여 가시를 빼냈다.

“사자님, 상으로 무엇을 주시겠습니까?”

가시를 빼낸 학이 물었다.

사자는 화를 내면서 소리쳤다.

“내 입 속에 머리를 집어넣고도 살아난 것이 상이다. 그렇게 위험한 경우를 당해서 살아 돌아갔다는 것은 자랑할 만한 일이 아니더냐. 그 이상의 상이 어디 있겠느냐.”

과거 중국에서 혹독한 경우를 당했다고 해서 그것을 반감의 근거로 삼는 것은 좋지 않다는 것이 나의 결론이다.

6장

탈무드의 발

발은 지나온 과거와 다가올 역사를 그린다.
물론 현재를 내딛고 서 있는 것도 발이다.
이 장에서는 탈무드의 수난의 역사를 소개함과 동시에
유대인이 아닌 사람들에게는 생소한
랍비라는 직업에 관해서 자세히 설명하기로 한다.

수난의 책

탈무드는 바빌로니아에서 AD 500년에 편성되기 시작했다. 현존하는 탈무드 중에서 가장 오래된 것은 1334년에 손으로 쓴 것이고, 최초로 인쇄된 것은 1520년 베니스에서였다.

1244년 파리에 있던 모든 탈무드가 그리스도교도에 의하여 몰수되어 24대의 마차에 실려 불태워졌으며, 금서로 지정되었다. 1263년에는 그리스도교 교회의 대표자와 유대의 대표자가 공개석상에서 만나 탈무드가 그리스도교에 반하는 것인가 아닌가 하는 논쟁을 벌였다. 1415년에 이르면 유대인이 탈무드를 읽는 것이 법으로 금지되었다. 1520년, 로마에서 모든 탈무드가 압수되어 불태워졌다. 그러나 이런 탄압을 했던 사람들은 탈무드를 전혀 읽지 않은 사람들이었다. 탈무드를 조금도 모르면서 무턱대고 싫어했던 것이다. 그 후 6차례에 걸쳐 탈무드가 불태워지는 수난을 겪었다.

1562년에는 가톨릭 교회가 탈무드를 찾아 내서 찢어 버렸다. 오늘날 남아 있는 탈무드는 완전한 것이 아니다. 한 번은 탈무드를 마이크로 필름으로 찍어 두었는데 페이지와 페이지 사이에 전혀 다른 페이지가 끼어 있는 것이 발견되기도 했다. 따라서 탈무드를 읽다 보면 갑자기 문맥이 끊어지는 수가 있다. 그런 곳은 가톨릭 교회가 5분의 1 내지 6분의 1 정도씩 찢어 버린 곳이다. 그리스도교를 비판했다고 생각되는 부분, 혹은 비유대인에 관하여 쓴 부분은 모두 삭제해 버린 것이다. 현재 탈무드는 여러 나라 말로 번역되어 세계적으로 관심이 높아지고 있다.

탈무드는 연구서이다. 유대인에게 있어서 공부한다는 것은 인생 최대의 목적이다. 유대인을 조금이라도 이해하고 싶다면 탈무드가 유대인에게 얼마나 중요한 것인가를 먼저 알아야만 한다. 하느님의 의지를 행동으로 옮기는 것은 유대인에게는 가장 중요한 일이므로 탈무드를 공부하지 않으면 살아 있어도 아무 소용이 없다. 그러나 탈무드의 공부는 지적인 연구는 아니다. 이것은 종교적 연구이다. 유대인에게 있어서 하느님을 기리는 최대의 행위는 공부하는 것이다. '공부는 올바른 행동을 만든다.' 는 것이 유대인들에게 전해 내려오는 격언이다.

고대 유대에서는 도시나 마을은 그곳에 있는 학교의 이름에 의해서 알려져 있었다. 교회는 공부하는 곳이기도 했다. 로마인은 유대인을 비유대화하기 위하여 탈무드 연구를 금지시켰다.

그런데 유대인에게서 공부를 뺀다면 유대인은 이미 유대인이 아니다. 이 공부를 지키기 위하여 많은 유대인들이 죽어갔다. 그러나 지식은 모든 것을 이긴다.

나는 유대인 중에서 새벽 5시에 일어나 탈무드를 공부하고 출근하는 사람들을 많이 알고 있다. 점심 시간이나 저녁 식사 후, 또는 버스나 지하철 속에서도 유대인은 공부한다. 또 안식일에도 탈무드를 연구한다. 탈무드는 전부 20권인데, 한 권을 다 보면 경사로 여겨 친척들과 친구들을 모두 불러 놓고 성대한 축하연을 베푼다.

유대인은 가톨릭에서의 교황과 같은 최고 권위자를 갖고 있지 않다. 유대인의 최고 권위는 탈무드이다. 탈무드를 얼마만큼 연구했는지가 권위를 재는 척도이다. 탈무드의 지식을 가장 많이 가지고 있는 사람들이 랍비이며, 그 때문에 랍비는 권위가 인정되고 존경받는 것이다.

랍비라는 직업

일찍이 로마인이 유대인을 지배하고 있던 당시 그들은 유대인을 절멸시키려고 온갖 수단을 동원했었다. 유대의 학교를 폐쇄시키고, 예배를 금지하고, 책을 불태우고, 유대의 여러 축일祝日을 금지하고, 랍비를 양성하지 못하도록 엄격하게 감시했다.

랍비 양성 교육을 마치면 학교 졸업식과 비슷한 랍비 임명식이 거행되었는데, 로마는 이 임명식에 나오는 유대인은 임명받는 자나 임명하는 자 모두 사형에 처하고, 그 마을은 완전히 파괴하겠다고 포고했다. 이것은 로마가 그때까지 취한 조치 가운데 가장 현명한 조치였다. 자기로 인하여 마을이 불타거나 파괴되면 큰 책임감을 느끼게 되기 때문이다.

물론 랍비가 없어도 잘 지내는 사회도 있지만, 유대 사회는 랍비가 없으면 사회의 기능이 정지되고 만다. 랍비는 정신적인 지도자이며, 변호사이며, 의사인 동시에 유대인에게 있어서 모든 권위를 대표한다. 로마인도 이것을 알고 그러한 조치를 취했던 것이다.

한 랍비가 로마인의 의도를 간파하고 수제자 5명을 데리고 마을을 빠져 나와 두 산 사이에 있는 무인 지대로 갔다. 그 이유는 만약 발각되어 처벌될 경우에 마을이 함께 파괴되는 것을 막기 위해서였다. 그곳은 가장 가까운 마을에서 3킬로미터 정도 떨어져 있었다. 그곳에서 그는 5명의 제자를 랍비로 임명했다. 그러나 그들은 염려했던 대로 로마인에게 발각되었다. 제자들이 물었다.

"선생님, 선생님께서는 어떻게 되십니까?"

그러자 랍비가 대답했다.

"나는 이만큼 나이를 먹었으니 아무래도 좋지만 그대들은 랍비의 일을 계속해야 하니 빨리 도망치게."

5명의 제자는 달아났고 나이든 랍비는 체포되어 칼로 3백 번 난자당하여 죽었다.

내가 이 이야기를 하는 것은 랍비가 유대 사회에서 얼마나 중요한 위치를 차지하는가를 말하기 위함이다. 요컨대 랍비는 유대 민족의 상징이라고 생각하면 좋을 것이다.

탈무드가 얼마나 중요한 위치를 차지하고 있는가를 이해하지 못하고서는 유대 문화를 이해할 수 없다. 원칙적으로 모든 유대인은 탈무드 전체에 정통하여 그 가르침과 의미를 완전히 파악하고 있어야 한다. 유대인은 매일 일정한 시간 탈무드를 공부해야 하는데, 이것은 단순히 학문적인 것이 아니라 종교적인 의무이다.

랍비 사이에 상하 관계나 서열 같은 것은 없다. 랍비에게는 어떤 단체도 없다. 물론 어떤 랍비가 다른 랍비보다 더 현명하다고 생각되면 어려운 질문이나 어려운 의식을 그에게 부탁하는 수는 있다.

오늘날 이스라엘의 종교학교에서는 9살에 탈무드 공부를 시작한다. 그리하여 고등학교를 졸업한 후부터는 이런 종교학교에서는 탈무드 이외에는 가르치지 않는다. 따라서 학생은 10년 내지 15년 동안 탈무드를 연구하게 된다.

미국에서 랍비 양성학교에 들어가려면 우선 일반 대학교의 학사 학위를 받아야 한다. 랍비 양성학교는 대학원에 해당되기 때문이다. 그리고 엄격한 입학시험을 치르게 된다. 거기서는 4년 내지 6년 동안 공부하는데, 탈무드를 처음부터가 아니라 중간부터 공부한다. 그것은 이미 많은 것을 공부했을 것이라고 간주하기 때문이다. 따라서 입학 시험도 몹시 까다롭다.

입시 과목은 성서·히브리어·아랍어·역사·유대 문학·법률·탈무드·심리학·설교학·교육학·처세철학·철학 등과 기타 논문을 몇 편 쓰게 된다. 어느 것이나 어려운 과목이다. 뿐만 아니라 졸업할 때는 그동안 배운 모든 것에 관하여 마지막 시험을 치른다.

이 중에서 가장 기본적이고 중심이 되는 과목은 물론 탈무드이다. 전 수업 시간의 반 이상이 탈무드에 할애된다. 다른 과목은 교수의 강의에 의해 수업을 하는데, 탈무드만은 보통의 강사나 교사가 아닌 고명한 인격자가 강사로 선택된다.

이러한 학교에서 탈무드를 가르칠 수 있는 사람은 매우 현명하고 위대한 인물뿐이다. 탈무드 교사로는 유대 문화가 낳을 수 있는 가장 뛰어나고 현명한 인격자가 선정된다. 탈무드의 표현을 빌면, 왼손으로는 학생을 엄하게 훈계하고, 오른손으로는 부드럽게 포용할 수 있는 능력을 갖춘 사람이어야 한다.

학생들도 탈무드 교사에게는 특별한 존경심을 보인다.

탈무드는 혼자서 공부하지 않고 2인 1조가 되어 공부하게 된다. 큰 소리로 낭독하거나 함께 합창하기도 한다. 짝이 된 두 사람은 3년 동안 한 테이블에 마주앉아 공부한다. 탈무드 교사는 결코 어떤 식으로 공부하라는 식의 이야기는 하지 않으므로 자율적으로 공부를 하게 된다. 혼자서 탈무드를 읽고, 생각하고, 탈무드의 여러 문제를 해석한 뒤 짝을 이루게 된다. 탈무드는 단순히 읽는 것이 아니라 그 깊은 의미를 마음으로 파악해야 한다. 보통 1시간 수업을 받기 위하여 4시간 정도 준비한다. 그러나 고학년이 됨에 따라 차츰 1시간의 수업을 받기 위해 20시간씩 준비해야 하는 경우도 생긴다.

탈무드 과목은 교사가 하나하나 가르치는 것이 아니라, 큰 줄기를 이야기하고 어떻게 공부하면 좋은가 하는 방법을 제시해 줄 뿐이다. 저학년에서는 학생들은 모두 책상 앞에 둘러앉고, 교사는 다른 책상에서 학생들의 이야기를 듣는다. 수업을 준비하는 단계에서는 이해되지 않는 부분에 관하여 교사에게 질문할 수 있다.

탈무드 학급은 반드시 희랍어와 라틴어, 그리고 희랍과 로마의 문화·생활에 정통해 있지 않으면 안 된다.

독신인 학생은 기숙사에서 생활한다. 기숙사에는 대개 100명쯤 되는 학생들이 생활하고 있으므로, 하나의 학생 사회가 만들어진다. 함께 식사하고 서로 이야기를 나눈다. 그러나 수도원과 같은 분위기는 전혀 없다. 밤이 되면 농구 같은 게임을 하며 즐긴다. 그러므로 일반 사회와 격리되어 있는 가톨릭의 수도원과는 전혀 다르다.

졸업을 한 뒤 2년 동안은 학교를 위해 봉사한다. 이 봉사는 종군從軍 랍비가 되거나 랍비가 없는 고장에 가서 봉사해도 된다. 나는 종군 랍비의 길을 선택하여 공군에서 2년 동안 봉사했다. 이것이 끝나면 두 가지 길을 선택할 수 있다. 하나는 대학에서 학생들을 가르치는 것이고, 또 하나는 나처럼 유대인 사회의 랍비가 되는 것이다.

각 교구는 각각 완전히 독립해 있으므로 랍비가 다른 지역으로 전임되는 일은 없다. 그 대신 여러 유대 지역 사회가 랍비 양성학교에 편지를 보내어, 자기들이 사는 곳에는 랍비가 없으므로 얼마의 보수를 지급할 테니 랍비를 보내 달라는 신청을 한다.

한편 졸업을 전후한 랍비들은 가고자 하는 희망지를 적어 학교의 사무국에 제출한다. 랍비는 그런 식으로 임지로 가게 되며, 그곳에서 면접시험을 받는다.

지역 사회가 어떤 랍비를 선택하는가는 자유이며, 랍비도 자유롭게 지역을 선택할 수 있다. 그러므로 지역 사회는 여러 명의 랍비 후보를 불러서 만나볼 수 있으며, 랍비도 여러 지역에 가서 마음에 드는 장소를 고를 수 있다.

양측에서 서로 합의되면 그 지역 사회의 교회에 속하는 랍비가 되는데, 일반적으로는 2년을 계약 기간으로 한다. 보수나 기타 조건은 랍비와 지역 사회가 계약을 맺는다.

교회, 교구, 또는 지역 사회는 우연히 생기는 것으로, 도쿄의 경우는 도쿄에 모여 살던 유대인들이 유대인 수가 이 정도 되니 여기에 교회를 하나 만들자고 하는 것에서부터 시작되었다. 바꿔 말하면, 유대인은 교회가 없는 곳에서는 살지 않는다. 유대인에게는 아침에 일어나 세수하고 밥을 먹는 것과 마찬가지로 교회가 필수적인 것이며, 아이들을 위하여 유대인 학교를 만드는 것도 필요하다. 그래서 대체로 유대인이 20가구 정도 되면 교회를 세우고 랍비를 초빙한다. 한 구역 안에 사는 가구 수에 의해 결정된다. 지역 사회의 재원財源은 기본적으로는 가구당 매년 내는 분담금에 의존하는데, 그 밖에 부유한 사람들의 기부금도 있다.

오늘날 랍비의 역할은 우선 유대인 학교의 책임자이며, 교회의 관리자이며, 설교자이다. 그는 유대 전통을 모든 사람을 대신하여 공부해서, 요람에서 무덤까지 유대인 사회에서 일어나는 모든 문제를 판결하는 사람이다. 사람이 태어나면 그 사람을 축복하고, 죽으면 매장하고, 결혼하거나 이혼하면 입회한다. 좋은 일에나 궂은 일 등 어떤 경우에도 참석한다. 따라서 그는 학자인 동시에 목사이다.

15세기까지 랍비의 급료는 지급되지 않았다. 그 때문에 대개는 다른 직업을 가지고 있었다. 15세기부터 지역 사회가 랍비의 봉급을 주기 시작했다.

'랍비'라는 말은 AD 1세기부터 사용되기 시작했는데, 히브리어로 '교사'라는 의미를 가졌으며, 영어로는 랍비라고 한다.

유대교에서는 시간 개념은 매우 중요시하면서도 공간 개념은 대수롭지 않게 생각한다. 따라서 그리스도교와 같은 성역聖域이라는 것이 없고, 다만 랍비가 성인이라고 불릴 뿐이다.

탈무드의 내용

　　　탈무드는 6부로 구성되어 있다. 1. 농업 2. 제사 3. 여성 4. 민법 · 형법 5. 사원 6. 순결과 불순 등이다.

　탈무드의 구성에는 규칙이 있다. 반드시 미슈나Mishna라고 하는 부분에서부터 시작된다. 미슈나는 유대의 옛 가르침이나 옛 약속 등이 구전된 것을 기록한 것이다. 미슈나는 AD 200년 이후에 수집되었다. 그러나 논쟁은 없다. 이 미슈나를 둘러싸고 일어난 대논쟁과 토론이 탈무드이다. 이 토론은 또 두 가지로 나뉘어진다. 하나는 '하라카' 라고 불리는 부분이고, 또 하나는 '아가타' 이다.

　유대인은 세계에서 종교 계율을 가장 엄격히 지키며, 종교에 심취한 민족이라고 알려져 있지만 유대의 말 속에는 종교라는 단어가 존재하지 않는다. 그것은 생활의 전체가 모두 종교이므로 특별히 무엇을 가려 내어 종교라고 부를 수가 없기 때문이다.

　하라카는 유대적인 생활 양식이라고 번역할 수 있다.

인간의 모든 행동을 성스럽게 높이는 것이 그 목적이다. 제의祭儀, 건강, 예술, 식사, 대화, 대인 관계 등 모든 생활을 규정하고 있다. 그리스도교도는 그리스도를 믿는 것에 의해서 그리스도교도가 되는데, 유대인은 그렇지 않다. 행동만이 유대인을 유대인답게 한다.

아가타는 탈무드의 3분의 1을 차지하고 있다. 이것은 철학, 역사, 도덕, 시, 격언, 성서 해설, 과학, 의학, 수학, 천문학, 심리학, 형이상학 등 인간의 모든 지혜를 망라하고 있다.

유대인의 생활

해가 뜨는 것과 동시에 일어나 먼저 손을 씻고 식사 시간까지 30분 정도 기도를 드린다. 기도할 때는 어깨와 머리에 '거룩한 상자'를 걸쳐 메고 목에 띠를 두른다.

기도는 집에서 해도 되지만, 대개는 집 근처의 교회에 가서 한다. 그러나 장소에 관계없이 기도의 말은 같다. 교회에 가면 다른 사람들과 어울려 단체로 기도할 수 있다는 이점이 있다. 그런데 심리적으로는 혼자서 기도하면 이기적이 되기 쉬운 반면 집단으로 하면 집단 의식이 강해진다.

그 후에 아침 식사를 하게 된다. 다시 손을 씻고 식사를 들기 직전에 또 짧은 기도를 한 뒤 식사를 한다. 친지나 가족과 함께 식사할 때는 반드시 탈무드에 관한 이야기를 한다. 식후에도 또 기도를 하는데, 친지나 가족이 있으면 소리를 내서 함께 기도한다. 그리고 나서 각자 학교나 일터로 나간다.

오후는 정오에서부터 해가 질 때까지를 말하는데, 대개 5분 정도의 짧은 기도를 한다.

그리고 밤에는 가까운 아카데미에 가서 공부한다. 그것은 유대인은 하루 중에 반드시 얼마 동안은 공부를 하는 것이 의무로 되어 있기 때문이다.

유대인의 장례

유대인은 죽은 사람에게 경의를 표하며, 죽은 이는 사람들의 보호를 받는다.

우선 죽은 이의 몸을 씻긴다. 이것은 그 구역에서 가장 학식 있고 덕망 있는 사람이 하는데 유대 사회에서는 큰 영예로 생각되는 일이다. 시체는 가능한 한 빨리 매장해야 하는데, 화장火葬은 하지 않고 그냥 매장한다. 원칙적으로는 죽은 다음 날 매장한다.

조금이라도 그를 알고 있던 사람은 모두 장례식에 참석해야 한다. 모인 사람 중에 한 사람, 예를 들어 랍비 같은 사람이 조사弔詞를 읽고 상주喪主가 기도문을 읽는다. 그리고 1년 동안 매일 공회당에 가서 똑같은 기도문을 읽는다.

매장이 끝나면 가족들은 집으로 돌아온다. 1주일 동안 똑같은 것을 집에서 반복한다. 촛불을 계속 켜두고 거울은 모두 가려두고, 10명의 친지가 마루에 모여앉아 기도문을 낭독한다.

상주는 1주일 동안 집 밖에 나가지 않는다. 그 가족을 알고 있는 사람들은 1주일 안에 그 집을 방문한다. 1주일이 지나면 가족들은 집을 나와서 집 주위를 한 바퀴 돈다.

상주는 한 달 동안 얼굴을 씻지 않는다. 1년 동안은 화려하고 떠들썩한 곳에 가지 않는다. 그 뒤 매년 기일이 돌아오면 제사를 지낸다.

장례에서 돌아온 가족들은 달걀을 먹는다. 유대인은 죽음에 대하여, 인간은 누구나 친지가 죽으면 슬프지만, 1주일 이상 상에 얽매여서는 안 된다는 것을 말하며, 슬픔도 너무 지나치면 좋지 않다는 생각을 가지고 있다. 그래서 1주일 뒤 집을 나와 집 주위를 한 바퀴 도는 것이다.

달걀을 먹거나 집 주위를 원을 그리며 돌아야 한다는 규정은 원이 처음도 끝도 없는 것과 마찬가지로 생명도 끝이 없이 돌고 있다는 것을 상징하는 것이다. 살아 있는 사람은 지금부터 또 살아가야 한다는 것을 상징한다.

내 부친이 돌아가셨을 때 나도 너무나 슬퍼서 식사를 할 수 없었다. 그러나 그래도 달걀은 먹지 않을 수 없었다. 그것은 상중의 식사는 의무로 되어 있으므로 무얼 어떻게 먹든 먹는 데 의미가 있었기 때문이다. 죽은 자만이 인간을 지배하고 있는 것이 아니며, 계속 살아가는 것이 역시 중요하다는 것을 유대인은 가르치고 있다. 그러므로 유대인에게 자살은 큰 죄악이다.

　장례는 신분이나 지위에 상관없이 모두 같은 관, 같은 복장을 하고 거행된다. 인간의 지위나 재산에 따라서 장례의 형태가 달라지지는 않는다. 이것은 인간이 평등하다는 진리를 존중하기 때문이다. 교회에서 모두 똑같은 자세로, 똑같은 모자를 쓰고 기도하는 것도 바로 이 때문이다.

탈무드의 최신판 마지막 한 페이지는 항상 여백으로 남겨둔다.
이것은 탈무드는 언제나 첨가될 여지가 있다는 것을 상징하는 것으로서
'탈무드의 영속성' 을 의미한다.